南京稀见文献丛刊

京话

（民国）姚颖 著

审校　陈学勇

南京出版传媒集团
南京出版社

图书在版编目（CIP）数据

京话 / 姚颖著 . -- 南京：南京出版社，2018.4
（南京稀见文献丛刊）
ISBN 978-7-5533-2199-8

Ⅰ . ①京⋯ Ⅱ . ①姚⋯ Ⅲ . ①散文集—中国—现代
Ⅳ . ① I266

中国版本图书馆 CIP 数据核字（2006）第 071763 号

丛 书 名：南京稀见文献丛刊
书　　名：京　话
作　　者：（民国）姚颖
出版发行：南京出版传媒集团
　　　　　南 京 出 版 社
社址：南京市太平门街53号　　　　　邮编：210016
网址：http://www.njcbs.cn　　　　　电子信箱：njcbs1988@163.com
天猫1店：https://njcbcmjtts.tmall.com/　　天猫2店：https://nanjingchubanshets.tmall.com/
联系电话：025-83283893、83283864（营销）　025-83112257（编务）

出 版 人：项晓宁
出 品 人：卢海鸣
责任编辑：王松景
装帧设计：王　俊
责任印制：杨福彬

制　　版：南京新华丰制版有限公司
印　　刷：南京工大印务有限公司
开　　本：890毫米×1240毫米　　1/32
印　　张：7.75
字　　数：148千
版　　次：2018年 4 月第 1 版
印　　次：2018年 5 月第 2 次印刷
书　　号：ISBN 978-7-5533-2199-8
定　　价：34.00元

天猫1店

天猫2店

总　序

　　南京是我国著名的七大古都之一，又是国务院首批公布的 24 座历史文化名城之一。有将近 2500 年的建城史，约 450 年的建都史，号称"六朝古都""十朝都会"。南京的地方文献是中华历史文化资源的一个重要组成部分，是研究我国政治、经济、军事、文化和民风民俗的重要资料。为了贯彻落实党的十九大精神和习近平新时代中国特色社会主义思想，配合南京的经济发展与城市建设，深度挖掘历史文化资源，做好历史文献整理出版工作，不仅有利于传承、弘扬南京历史文化，提升南京品位，扩大南京影响力，也有利于推动物质文明、政治文明、精神文明、社会文明、生态文明协调发展。

　　长期以来，南京地方文献还没有系统地整理出版过，大量的南京珍贵文献散落在全国各地的图书馆和民间。许多珍贵的南京文献被束之高阁，无人问津，有的随着岁月的流逝而湮没无闻。广大读者想要查找阅读这些散见的地方文献，费时费力，十分不便。为开发和利用好这一祖先留给我们的文化瑰宝，充分发挥其资治、存史、教化、育人功能，南京市地方志编纂委员会办公室与南京出版传媒集团·南京出版社组织了一批专家和相关人员,致力于搜集整理出版南京历史上稀有的、珍贵的经典文献,并把"南京稀见文献丛刊"精心打造成古都南京的文化品牌和特色名片。为此,我们在内容定位上是全方位、多视角地展示南京文化的深层内涵和丰富魅力;在读者定位上是广大知识分子、各级党政干部以及具有中等以上文化程度的人;在价值定位上,丛书兼顾学术研究、知识普及这两者的价值。这套丛书的版本力求是国内最早最好的版本,点校者力求是南京地方文化方面的专家学者,在装帧设计印刷上也力求高质量。

　　总之,我们力图通过这套丛书的出版,扩大稀见文献的流传范围,让更多的读者能够阅读到这些文献;增加稀见文献的存世数量,保存稀见文献;提升稀见文献的地位,突显稀见文献所具有的正史史料所没有的价值。

"南京稀见文献丛刊"编委会

导　读

　　同名姚颖者，有女有男，古代的当今的都有。不古不今的民国时期，至少也有过写诗歌写游记的两位。

　　杂文家姚颖，以《京话》名噪 20 世纪 30 年代。然而，她的生平却所知寥寥：籍贯江苏武进，该地奔牛镇人，受过高等教育，毕业于金陵大学，一说中央大学。北伐时期投笔从戎，任军中文书，一笔清秀小楷，由此相识了所属长官王漱芳，于是结为连理。抗战期间，王漱芳远赴甘肃任要职，一次出巡坠马身亡（有人质疑是谋害）。姚颖从此回西南孀居，上海小报曾报道，姚颖有意来沪做记者，然不了了之，后不知所踪。姚颖生有一双千金，名小颖、小芳，以志父母——就是这些了。

————

　　《京话》系姚颖仅有的一本著作，初版于 1936 年 9 月，由陶亢德主持的上海人间书屋付梓，"普及丛书"的第二种。它集合了作者 1932 至 1936 年间的文字，大部分发表在林语堂为旗帜的《论语》"京话"专栏，其余刊"论语派"杂志《人间世》《宇宙风》《谈风》。另有一部分"也是斋随笔"，署名如愚，计百余则，并一辑编入《京话》。书上广告称，《京

1

话》是"中国第一本以政治为背景的幽默作"。出版《说明》交代，全书分为四辑。今核对原刊，编排小有差异。原刊《论语》杂志"京话"专栏里的《请缨电报》《午睡》移入"杂俎"一辑；"京话"专栏起初由"南京通信"栏脱身而来，原刊"南京新闻两则"其一的《国难升官》，本应归类"京话"，也编为"杂俎"的开篇。大概都是篇幅短，议论又多过叙事的缘故。《京话》出书，尚有少量作品散佚书外，或出版时遗漏，或写在出版之后，前者如《替天行道》，后者如《我的京寓》。30年后台湾重刊过一次，乃初版的影印本，系沈云龙编"近代中国史料丛刊"之一，文海出版社有限公司发行。上世纪末人民文学出版社的"中国现代文学流派创作选"丛书有《论语派作品选》一种，从诸多名家、数千篇什里选了姚颖《不说自己的文章不好论》等四篇。如今初版《京话》已成藏品，近年拍价达800元。

2000年上海书店出版社出版"民国史料笔记丛刊"，再收入《京话》刊行面世。出版者认从，"署名姚颖，实为王漱芳著"。此版并未按原著照排，删削篇幅不少，《京话》全本仅剩不足百页，实为节本。遗珠之憾难免。"京话"外增添"新京话"若干，均辑自抗战胜利复刊的《论语》杂志，已非姚颖所著。"新京话"占篇幅可观，相当于节录前原《京话》篇幅的一半。作为留存史料的原书重印，这么处理似可讨论。著者已然去世，身后他人的文字不宜"合璧"；如需合璧，书名不妨易为《京话·新京话》。今南京出版社据初版重刊，不收"新京话"。虽是新排版面，但文字全部一仍其旧，以存文献性。本想辑入《京话》集外文，但署名姚颖作品显然非均此姚颖，疑是的几篇亦需考订才能确认，因此，连无疑是她的多篇文字也一概割舍了。

二

《京话》不只著者生平所知甚少，著作权亦遭人猜疑。《论语》杂志两周年刊出姚颖全身玉照，娟秀姣好。由此人们浮想，这般文静娴雅的女子，何以出手那么老辣犀利的文字。传闻系她丈夫王漱芳代庖，只是传闻而已。最早明确否认《京话》作者姚氏的人是海戈（张海平），当年《论语》杂志撰稿人。海戈在王漱芳死后数年，既撰文又赋诗，言之凿凿："……姚颖则后来我在上海时开始通信，已渐知此人有问题，林语堂曾为破这疑问，亲赴南京一行，回来告诉我说：'果然是男的，叫王漱芳，姚颖是他太太的名字。'"海戈介绍，"王漱芳先生，贵州人，抗战前在南京市政府任秘书长，权位当道，对于朝中大小事故知之甚清，大致许多情由看不入眼，骨鲠在喉，要吐才快！但因自己亦是显宦，牵制甚多，不能随便发表，于是假其太太姚颖的名字，用《京话》作书题，长期为《论语》写稿"。因为海戈与《论语》的密切关系，一些学者便深信不疑，甚至有"人名辞典"依此撰写词条。

可是，这一独家秘闻并未得到多少同时代知情者呼应。与海戈和"论语派"都多有过从的《逸经》主编谢兴尧，当年即约了另一位知情者一庵写了篇《读论语忆姚颖》。一庵说，林语堂编《论语》"四五年间，造就不少知名当世之人物，女作家姚颖，便是其中的一位"。"其所作《京话》取材，大都由于婚后交际所得随感之反映,取材自属便利也"。
1996年谢兴尧自己撰写文章谈及往事,依旧认定"姚颖系三十年代后期著名女作家"。其他多位知情人,著名画家汪子美画了著名的"新八仙过海图"漫画;主编论语派杂志《西风》的黄嘉音也画过素描图"姚颖女士"。和林语堂一起创办《论语》的章克标,他与林语堂过从远非海戈所及。若林语堂告知海戈,写《京话》真正作者原来是姚颖丈夫,则不会不晓喻章克标。章晚年忆及《论语》作者的两篇文章,一篇说,为《论语》写稿人"还有姚颖女士(据说是国民党中委王漱芳的托名,但也没法考查)等等"(《林语堂两则》)。另一篇再次说,"还有一位署名姚颖女士的……此人应该是妇女"(《时代书店所经营的三种杂志》)。

当事人林语堂应该最为知情,他更是多次写文章议论姚颖,但没有一次提及王漱芳捉刀事。起始林语堂以为《我的书报安置法》的作者是男性,称其"姚公"。不久便改口,戏言姚颖是"'论语八仙'中的'何仙姑'"(姚颖《改变作风》一文按语)。后为出版《京话》作序又说:"吾编《论语》时,求各地通信之写如《京话》者遍国乃不可得,独姚颖女士之《京话》……"1935年创办《宇宙风》,创刊号还是说:"本日发稿,如群仙齐集将渡海,独何仙姑未到,不禁怅然,适邮至,稿翩然至。"(姚颖文跋语)到王漱芳作古,姚颖不知所终,林语堂已移居境外,他旧事重提,仍然不改性别之见:"这两天因为溽暑逼人,想到姚颖女士的《大暑养生》妙文,又因重读这篇旧文章,怀想这位才女。"(《姚颖女士说大暑养生》)有人就此辩解,林语堂是出于尊重王漱芳隐私,为死者缄口。林语堂未必有此多虑,如果说公开作者笔名,生前若有碍王漱芳立身处事,死后当一了百了,不至于产生什么违碍。"姚颖"果真是王漱芳,林语堂会对文学史负责,发稿编辑有责任还原真相,他不会不懂这个义不容辞责任。

此外费解的是,1937年海戈主编《谈风》杂志,已经"知悉"王漱芳替姚颖捉刀,依旧在《谈风》封面刊登作者手稿,还是注为"姚颖女士墨迹",难道蓄意继续蒙骗读者?

引述这许多材料,虽繁琐,但意在说明,知情者如要对著者真相共谋沉默,谈何容易。反过来说,仅凭传闻和海戈的孤证,实难取信学人。所谓作者苦衷,王漱芳在官场地位显要,"掣肘甚多",不得不藉笔名以掩饰。如真要掩饰,何不另取旁的笔名,何必借夫人。王和姚夫妇名分在官场该尽人皆知,借署太太真名与署他自己名字能有多大区别。藉此掩人耳目,无异掩耳盗铃。说到行文风格以识男女性别,诚然,性别不同,其文字确会有些差异。此是整体而言,亦非绝对,个人容有例外。即使差异,《京话》里相当多篇章,女性痕迹亦显然。不如说,《京话》本呈现了两种风格的笔墨,姚颖兼而能之。文风的感悟,原本见仁见智,用来论证作者性别,力度有限不言而喻。

既然没有代庖的确证,那么《京话》文本的自证该是有力的。作者多次表述自己系女性,尤需留意《自序》开头一段:

于是，作序生了麻烦：

母亲见我很为难，她说："甚么序呀序的，不要他（它）可行？"我说："不要也可以，不过，据说每本书总得有篇序，没有，似乎美中不足。"她说："我记得你以前写这些东西时，怪有趣的，你为什么这样写？为什么感觉有趣？何妨藉此说说。"我想，这倒是个办法。

硬说王漱芳故作掩饰语，怕是太过矫情。再者，《京话》遣词造句，多处用吴地方言和俗语，随口带出"蛮好白相""稻香村""陆稿荐"。贵州人土漱芳才到江苏仅几年，上一直住在非吴语区的南京，吴语哪里会不经意地上他笔端。要说他刻意这般以掩饰真实作者，岂不又是矫情有过。

姚颖还在电台播讲过一次《怎样做一个新主妇》，该台周报刊载了演讲稿，并配以她照片。可见姚颖女士能说会写，目睹丈夫连篇《京话》，哪里忍得住技痒，袖手旁观。这也很能旁证的。

《京话》作者受人质疑，实属事出有因。除文风见出性别反差，王漱芳可能对夫人写作《京话》同样不会袖手旁观。他提供素材，出谋构思，修改、润色文稿、间或执笔部分文字，甚或少数篇章由他单独完成，都可想象。少数篇章是能寻到些许蛛丝马迹，有传，署名如愚的"也是斋随笔"便是他的手笔，少数篇章是能寻到些许蛛丝马迹。纵然有王漱芳留痕，海戈仅窥得《京话》一斑，未见全豹，匆忙以此改变著者，说服力很是微弱。

近年关于《京话》作者性别之争时断时续,引起指点,乃至讥讽为"假命题"。不宜匆忙说"假",读《京话》,议论、研究它,不应亦不能回避,作者究竟是谁。只有正视,认清著者身份,才能准确读解、评价《京话》。

三

学界关于《京话》,至今著者性别考证多于其文本评论。然而,考证最终目标还在读好这部作品,毕竟最终要回归文本。

姚颖自述《京话》写作宗旨:"是以政治社会为背景,以幽默为笔调,以'皆大欢喜为原则',即不得已而讽刺,亦以'伤皮不伤肉'为最大限度。"(《京话》自序)说"皆大欢喜"不过虚晃了一枪,很不欢喜《京话》的官员大有人在。《京话》里刺激他们,令他们很不受用的文字比比皆是:

> 我国的官吏,据说,大都出身于文人,他们当学生时代,已养成了说自己文章好的习惯,及至握了政权,不知不觉间,仍以做文章的方式对付国家,甚至根本将国家看成一篇文章……我认为中国政治,是文章政治,是自己说自己文章好的政治!(《不说自己的文章不好论》)

> 重富轻贫,官吏常态也,无才而骄,亦官吏常态也。("京话"之九)

> 南京是这样的南京,官吏又是那样的官吏。("京话"之十八)

> 我因感觉要人们不肯是真话,故凡有真话,

必为尽情介绍。("京话"之九)

　　说到国家前途,一般人总是喟然长叹,觉着伤感的多。("京话"之十五)

又借他人的话为作者代言:

　　年来政治日见萎败,而黩货心情,愈演愈工。("京话"之六)

"京话"点名讥讽的达官显贵何止三个两个,林森、汪精卫、胡汉民、戴季陶、褚民谊、吴铁城、顾祝同、陈铭枢,无一幸免。直至蒋委员长,"蒋宋孔陈"个个不漏。借拟写对联,斥责消极抗日的张学良尤为直白辛辣:上联,"陈参事,参陈事,真正参陈事,不是陈参事";下联,"张学良,学张良,如果学张良,谁骂张学良"。还有若干未点名而等同明点了的部长、中央委员;还点到诸衙门,行政院、立法院、监察院,院院在列;还有各部的失职,时值法国占领我国粤海九个小岛的外交事件,外交部、参谋部、海军部,都以小岛究竟在何处需调查,声称"暂时不急于表示态度"。作者挖苦他们:"到现时才感觉着我国土地之大,大得连版图领土都不容易知道!"

　　《京话》爱写气候、时令、花草、风月,以及名胜、民俗,当然不是在乎这些琐琐屑屑,而是无不拿来说事,揭示社会上上下下的弊政邪端。不仅列诉官场种种顽疾、陋习,而且透视到它们背后,直指体制问题。从而叹息"环境如斯,为之奈何! (《政治上的推与拖》)"更禁不住诘问:"政治如此,清明何时? "("京话"之十九)姚颖正是凭借批量的密集的时政题材,让读者得以一窥她近水楼台的官场"内幕"。这般切近民众所关注,仗义代发百姓心声,自然就赢得读者争相传颂。她那份胆量,那般快人快语,何其难能可贵。

可是成与败均在此。题材抢眼而略嫌单一,专注于时政批评,未能兼顾社会批评、思想批评、道德批评,内容的含量和深度未免有些欠缺。一百五十则"也是斋随笔",似仿效《世说新语》,但充其量得《世说新语》十之一二。取材未能精选,表现又浅入浅出。偏重了趣味,而见"趣"忘义。论轻灵、隽永,"也是斋"到底难望一千五六百年以前刘义庆项背。

读者爱读《京话》,不排除猎奇官场的心理。如果仅仅依靠可居的奇货,它至多受宠一时罢了。《京话》所以风靡不衰,自有其特色魅力。有些作者以为,杂文就得剑拔弩张,匕首投枪一起上阵。姚颖并不,她从容闲话,娓娓而谈中,反话连珠,指桑骂槐,归谬趋极,尽显机智俏皮。《扫墓与教育》写道:

> 有了清明扫墓的规定,平日受了长官或同事的非难,或者受了公婆或小姑的厌气,都可以借题发挥,放声大哭。知我者,谓我心忧,不知我者,或将称许乎"民德归厚"! 真是一举而数善俱赅! 唯哭的范围,似宜加斟酌。若夫《礼记》所载,泰山之侧,妇人之哭,其声虽哀,吾窃不取,因其公然谓苛政猛于虎,大有借扫墓作政治宣传之意

味,此哭的变体,清明政治下所不容许者也。

批评力度丝毫不亚剑拔弩张,其绵里藏针,又令刺痛的人难以诉说。再如《夏日的南京中的我》,自述身陷酷暑,向往避暑胜地,无奈仍困居火城南京。"我若有官守,我若有言责,事体又好办了!譬如,我若负军事或党务工作,我可借口请示蒋委员长而到庐山。"对比马路上车夫,"烈日熏蒸""佝偻奔驰",她安宁知足,尽管青岛、莫干山挤满达官贵人。回想前面轻轻一句请示委员长,读者不禁会心一笑,庐山、青岛、莫干山,彼此彼此。《京话》里类似的轻轻一句,四两千斤,屡见不鲜。这正是林语堂之所赏识,"姚颖是懂得婉约的"。走出另一条杂文写作的"婉约"路子,可谓姚颖的小小贡献。

与此相连,《京话》书卷气重过战斗姿态。明引诗词,暗用典故,信手拈来,妥帖自然。或许有人笑她"掉书袋",或许苛求了,她还不至于刻意炫耀,以至碍眼。引诗用典,为文章局部增色,渗透全篇的是行文典雅风格。白话里适度融入文言,见出她无处不在的传统文化素养,决非那些外贴几个之乎者也的杂文作者以期得的效果。

当然,这些魅力在成功的篇章里才充分,各篇参差总是难免的。

四

姚颖知遇于林语堂,没有林语堂不会有《京话》。《论语》刊登姚颖文章喜欢添加跋语,《我的书报安置法》后跋,篇幅之长近乎正文。林语堂并且把《京话》里好几篇译成

英文,去国前夕再主动为《京话》单行本写序。他赞美姚文不遗余力,编刊之际即说:

> 然吾编《论语》时,求各地之通信写如《京话》者,遍国乃不可得,独姚颖女士之《京话》,涉笔成趣,散淡自然,犹如岭上烟霞:谓其有意,则云本无心;谓其无意,又何其燕婉多姿耶……揆其所以然,大约因文字之老到,思想之清丽有以致之,尤在能夹叙夹议一端。(《京话》林序)

又说:

> 头可断,京话不可无。(致姚颖信,见"京话"之二十五)

数十年后回顾《论语》再说:

> 论语半月刊最出色的专栏就是《京话》。编辑室中人及一般读者看到她的文章,总是眉飞色舞。我认为她是《论语》的一个重要台柱,与老舍、老向(王向辰)、何容诸老手差不多,而特别轻松自然。在我个人看来,她是能写幽默文章谈言微中的一人。(《姚颖女士说大暑养生》)

以颇有识见的林语堂,推崇"京话"到这等程度,必有他缘由,不必介意他夸张。平心而论,《京话》实在称得上一朵奇葩,它描摹了民国政坛风景,自身亦是一道文化风景。无论20世纪30年代杂文园地,还是今日书写现代杂文史,它别具一格的风采,都不应被忽略。《京话》几次再版,无一不是纳入"史料"丛书、"文献"丛书,都是着眼它的过往。鲁迅希望自己文章速朽，却偏偏不朽；时下《京话》何尝不仍然是相宜的读物。它不失民国政治生态的一隅写照，民国颓败从中已兆示端倪。后世读《京话》，有何不引为警示。

林语堂倡导幽默曾遭鲁迅严厉批评，而后史家评述论语派循鲁迅之苛求，往往有失客观公正。余波所及，致今日读者多以为，《论语》只见苍蝇之小而无视世界之大。其实不然，《京话》便是见证，论语派们并没有因倡导幽默全然忘却了世事。

姚颖敢于这么直言，或有当政大佬庇护，何应钦，于右任都与王漱芳过从不浅。《京话》也多次写到他们，但无负面意思。她敢言的深层原因，政府明白它来之自己人补台的讽谏，"伤皮不伤肉"。荣国府门口焦大醉酒骂街那情状，骂得再狠，他终究不丢忠心主公的义仆立场。姚颖也明白政府的明白，才放开笔墨，甚少顾忌。党国放行《京话》，而且作者是显贵夫人或可能是显贵本人，遍布文字狱的年代，竟容有文字不狱的间隙。

姚颖无意当名作家，不过图个一吐而快。《京话》的这点成绩，纯著者才华、禀赋使然，不一定靠勤奋追求。姚颖未能登上现代杂文写作高峰，做了文坛匆匆过客。我们为之惋惜，她倒并不在乎。悄然消失，幸好留下《京话》这一抹留痕。

《京话》再次由南京出版社重新刊行，列入"南京稀见文献丛刊"。有理由期待它的读者不止在南京，倘若引发学界纠正往日漠视的话，便是再版的意外收获。

陈学勇

林语堂序

　　书有不必序而自行，有乞人作序而终不行，然则书自书序自序。夫书已捧在手中，序说他好，不能增其神韵，序说他不好，亦不能减其光芒。犹如菜已夹在筷上，辨味者自知，何用他人褒贬为？此亦犹学人不著书，便须写学位，既著书，则其人之思想学问已见其手下著作，学位乃成个赘瘤。然世上偏有人看见他人夹筷，尚欲喊声你吃你吃，胡为乎如此？譬如月夜，一家人群坐庭中，月者众人之所已共见也，而仍有人喊曰今夜月亮好，脱口而出，而不知其所以然也。亦非有意为月亮作宣传也。此所以此书作者未尝命我作序，而我仍要作也。序曰：京话之难写，难于上青天。京话，地方通信之一种也，地方通信写成文学在中国尚少见；居南京写通信尤难于一切。然吾编《论语》时，求各地通信之写如《京话》者遍国乃不可得，独姚颖女士之《京话》，涉笔成趣，散淡自然，犹如岭上烟霞：谓其有意，则云本无心；谓其无意，又何其燕婉多姿耶！吾乃喜而请其续写，彼喜而续写，乃使全国《论语》读者皆大欢喜，余乃为《论语》之有此项通信，可遇而不可求也。揆其所以然，大约因文字之老到，思想之清丽有以致之，尤在能夹叙夹议一端。通信文章之能成为文学，全在此点，否则王婆诉说耳，断烂朝报耳。近间古文笔法之弊渐除，而新的文章作法复起，教者学者皆非于行文之事，求一捷径不可，而所求之径，愈趋愈迂，至使学者堕入五里雾中。新文章作法之言曰，文章分四类，叙事、描写、议论、辩证是，以是欺五尺童子，而五尺童子遂皆受其欺愚，见一篇章曰，此篇议论文，此篇叙事文，自以为独得千古文章妙谛。结果乃叙者不议，议者不叙，而文章之神彩灭矣。试思五尺童子，路见杀人，回家叙述其事于母亲，其人之神情，能不描写乎，其事之主因，能不悬测而定其是非加以议论乎？文章犹如说话；佳文犹如一夕佳话，非老学究谁有暇辨其为叙事乎议论乎？如此教子弟，是误人子弟，必使文章神趣全失，一湾溪水，变成沟渠，一座湖山，悉中矩度，而后老学究称快。欲知行云流水，烟霞湖山自然之趣者，由此书寻觅个道理出来可也。廿五年七月语堂序。

自　序

　　本想用心写篇长序，但是，说什么呢？说自己的文章好吗？读者又不是没有判断，要你自拉自唱。说自己的文章不好吗？你既然印成专集，岂不白费纸张。

　　于是，作序生了麻烦。

　　母亲见我很为难，她说："甚么序呀序的，不要他可行？"我说："不要也可以，不过，据说每本书总得有篇序，没有，似乎美中不足。"她说："我记得你以前写这些东西时，怪有趣的，你为什么这样写？为什么感觉有趣？何妨藉此说说。"我想，这倒是个办法。

　　我为什么这样写？这是我一点私心。南京是我国首都，每日人事物的动态，形形色色，无虑万千，而为之记载这些事件的刊物，林林总总，又复不下什伯，当《论语时代漫画》《人间世》(谨注，所谓汉版人间世所登的诗，与本店无涉，特此郑重声明)及《宇宙风》要我写文章时，我觉着写公报式的体裁吗？非缙绅先生不看。写日报式的体裁吗？又谨防明日黄花之嫌。写张老大李老二的生活吗？其事又过于平凡。写大人先生的行为吗？又容易揭发他人的阴私。我写时虽然未经再三考虑，但大体有个范围，即是以政治社会为背景，以幽默语气为笔调，以"皆大欢喜"为原则，即不得已而讽刺，亦以"伤皮不伤肉"为最大限度，虽有若干绝妙材料，以环境及种种关系，不得已而至割爱，但投稿两三年，除数次厄于检查先生外，尚觉功德圆满！

至于我为什么感觉有趣？或由于记载的题材，含有幽默的意识；或因发挥的议论，有新奇的见解；或方苦正面说话之不易，忽而发现侧面的理由；或正觉修辞之未当，忽而发觉玄妙之字句。凡此种种，无一而不使我有趣！

所以，我为什么写这些文章？因为感觉有趣。为什么感觉有趣？因为写这些文章。

现在，据说我写的这些文章，还有重读的价值，友朋们这样的鼓舞我，并主张集合起来，重印单行本。语堂、亢德、海戈诸先生，并指示我编辑单行本的方法，及协助我搜集散漫的材料，盛意殊可感谢！那末，我又何必自馁，而况，我早就"恢复了民族自信力"！

假使这篇可以当序的话，何妨权且以之充数。

原版说明

一　命名。本书虽分专篇，京话，随笔，杂俎诸类，但多取材于南京，而当日读《论语》者，对于京话，印象尚佳，故总以京话名之。

二　专篇。顾名思义，所谓专篇，系指可以单独成一个体者而言，惟本书次序，与发表时间，容有先后之不同，故有时间性者，特于篇末注明时日。

三　京话。本拟每篇加一题目，并入专著，但细加检讨，京话类要人们纪念周中政治报告，说事甚多，加题不易，故按其发表时间之先后，以数目字别其秩序。

四　随笔，已发表者，仅一百三十三则，兹为整齐起见，增加十七则，共为一百五十则。

五　杂俎，在《论语》上曾发表短评十二则，诗歌一首，因敝帚自珍，不忍割爱，故特设此类以容纳之。

目　录

专 篇

我爱其礼

考试院举行高等考试，院长、委员长、各监试委员及典试委员等，宣誓入闱，仪节隆重。孔老夫子亦感其诚，特乘津浦专车来京，主持试政。某报记者往谒于其行辕，叩以时局意见，兹录其谈话如下：

夫子对于目前政治经济情形，有何感想？（记者问，以下仿此。）

甚矣惫！（孔子答，以下仿此。）

中国其穷矣乎？

诺。

然则有救济之道乎？

有，发行航空公路奖券，其一法也。

夫子不曾反对聚敛者乎？

此非聚敛也，予不云乎，"富而可求也，虽执鞭之士，吾亦为之。"

夫子亦将买奖券耶？

（夫子哂之。）

除此以外，尚有其他良法乎？

节流而已。

近来各种设施，予亦以为应该节省。譬如此次全国运动大会，闻耗费达二三百万元（据褚民谊君报告）；拟议建筑之国民大会会场，闻约需二百万元；培修黄帝陵，预计三十万元；重修雷峰塔，将募款二十万元。此等用费，确病太奢。

否，非此之谓也。开运动大会，勇也；建筑国民大会会场，政也；培修黄帝陵，孝也；重建雷峰塔，义也（注：义者事之宜也）；皆礼也。

山东、湖南、江西等省，将为夫子重修宫殿，夫子亦有说乎？

然，亦礼也。衣食住行，四大需要也。颜路请车为椁，予尚不许，鱼馁肉败，予且不食。今人提倡忠孝仁爱、信义和平，而使予之宫殿败瓦颓垣，岂敬长者之意乎？

予窃以为上述诸事，皆属不急之务，其款均可节省，移作国家生产事业，或救济灾黎之用。

恶，是何言也！尔爱其羊（注：作洋钱解），我爱其礼。

时夫子乘舆已驾，闻将往谒"标准美人"南子，记者乃兴辞而出。

二二，十二，一。

假设我做了行政院长
——我就实行一二三政策

照孔夫子"不在其位不谋其政"的格言说，这问题是不好随便"假设"的；照范文正为秀才时即以天下为己任的先例说，这问题似乎"假设"也无妨。好在总理孙先生所主张的直接民权,选举实居其首,而立法院现时所公布的宪法草案初稿,行政院长虽由总统提请任免,但须得国民大会之同意。那末,我又何必妄自菲薄,公然承认本人永无荣膺行政院长之希望。不过,话虽如此,我,目前还仅仅是一个我,虽然论"政",然而不"行",无已,其仍暂作"假设"乎。

"闲话少说,书归正传"。

假设我做了行政院长,我的大改方针,是以"一言兴邦"、两字立身、三会治事。总结起来,用一句时髦话来表示,就是一二三政策。

甚么是"一言兴邦"呢?

自然,这个"一言兴邦",不是鲁哀公之问,亦不是孔夫子之答,乃系借用此一名词而已。我以为要兴邦须得安民,要安民须得注重民生。我们全国同胞现时迫切要求解决的民生问题是甚么? 他不是希望衣南京市政府的马褂,食林主席的一品锅,住南京小茅山官邸,行奖券所建设的航空公路,乃是一个最低限度的要求:"安居乐业"。

因为农村人民不能安居,所以都往城市搬动;因为各界不能乐业,所以都向政界钻营。搬的结果,是农村破产;钻的结果,是政治腐败。而且这些病菌,互为因果,遂使国家贫弱,日陷于不可收拾地步。要得人民安居,就要肃清匪共①、取缔贪污、惩治土劣、严整军纪。要得人民乐业,就要复兴农村、提倡实业、减轻赋税、保障自由。将这些做毕,行有余力,然后

①　匪共:国民党对共产党的蔑称。

3

居则配备收音机、热水汀、及抽水马桶；业则以飞机播种，电力作工，汽车运货；而且公事桌上，及床头椅角，堆积些富于幽默性的小说图书。如此，则地不荒芜，官不冗滥。乡下老太婆，不必羡慕都市中之旗袍革履；一品大百姓，不必羡慕达官贵人之卫兵官邸。各尽其力，各安其职，则国家社会，起码有十年的安定。

甚么是两字立身呢？

一曰"行"。孔夫子喟然叹曰："始吾于人也，听其言而信其行；今吾于人也，听其言而观其行。"法螺，现时虽美其名曰宣传，然而吹之者心快神愉，闻之者头痛肉麻！"为政不在多言，视力行何如耳"，这实在是一种政治经验谈，我若做了行政院长，第一要件，就是请于右任先生写此两句，作为座右铭，以示我打倒"吹"拥护"行"之诚意。

二曰"政"。孔夫子似乎又这样说过："政者，正也，子率以正，谁敢不正。"总理也说，"政是众人之事"。所以用"政"字为行政院长第二件立身标准，真如初写黄庭，恰到好处。将总理及孔夫子所释意义总束来说，就是时时刻刻，不要忘了"众人的事"，所行所为，要光明正大，居心中正，办事公正。

甚么是三会治事呢？

现时行政院下面，有部有会，单位之多，远出我总理孙先生遗教之上，真是人才众多，衙署严整，洋洋乎其大观也矣！似此职有专司，齐头并进，行见百废俱兴，蔚成盛治！敝人无状，焉敢饶舌！惟把戏人人会变，各有巧妙不同，他人既可将部会加多，我又何尝不可将他减少呢。

慨自九一八以来，国家财政，大受打击，但是一般官吏，谁曾觉来，直至因经费困难，迫而裁员减政，始悟政府机关之庞大。然而为主管长官者，因情势及利害关系，不欲结怨于人，以致因循苟且，未肯改革。"本院长"本爱国之赤诚，细察需要之缓急，职务之轻重，觉行政院各都会，似可一律取消，代以军事、建设、及经济三委员会。

上述三会，现时未尝没有设立，然而均隶国府，与行政院所属有关系机关，既不免于叠床架屋，且论其职权，亦尝此牵彼掣，至于虚糜公帑，更无论矣！故我意将军政、海军两部，改组为军事委员会；将财政部及实业交通铁道等部之财政部分，改组为经济委员会；将实业交通铁道等部之设计工程管理各部分，改组为建设委员会。至于内政部，可并入建设委员会之社会建设部分；司法行政部，隶属于司法院；外交部，可取行政院之政务处而代之。各委员会委员人数，最好三人，最多亦不得过七人，从不准兼差兼薪，人选从严，"至亲好友，概不通融"。如此，则事权集中，开支节省，所得效果，或较大于今日。至外交设处者，盖以现时外交，仅吃香槟，用不着偌大规模也啊！

不过，此意若行，必将打破许多大小饭碗，然而倘系心存党国，又顾虑得了许多！何况果能使人民安居乐业，这也不怕没有补救。

以上云云，特积极方面之荦荦大者，至消极方面，则誓不发八股式之电文，不召集国难会议式之会议，不聘请"陪打网球"之洋顾问点缀门面，不如此如此，这般这般。

"本院长"既经"假设"有案，自不妨发表政见，惟所陈述，概本忠心，既非影射老牌稻香村，尤非攻击真正陆稿荐，尚望无加误会，"个人幸甚，党国幸甚"！

二三，三，二十。

我的书报安置法 附跋

书报，究应当怎样安置才算妥当？我常常这样想着。

自然，将书报分门别类，报则装订成册，书则搁诸橱中，或用杜威氏的分类法，或用王云五氏的检字法，使人一望而知，清清楚楚，这是所谓的正道，应该这样办的。

但，这种办法，除团体或机关外，惟资产阶级为能，一般中产阶级以下的人，是不易办到的。以上海、南京两地来说，月租四五十元的房子，大抵不过三四间正屋，可以使用，除了寝室、客厅、饭厅或必要的亲属之卧室外，至多只能剩一间半间，做读书阅报之用。在此区区的斗室中，有的还可以安放一个书橱，有的连搁置书桌坐椅都成问题。试问这种生涯，是不是可以玩杜威或王云五的分类和检字？

而且，一般人购置书报，有一共通的原则，即以实用或趣味为中心。他们所购置的书报，说不定五花八门：一种杂志，或者仅购一本两本；一部全集，或者爱史而恶经；甚至有的才出版，有的已停刊。类既不易分，门也就难别。再则，一般人的财力，究属有限，个人能购置的书报，卷册浩繁的，如《四库全书》《四部丛刊》《四部读本》《万有文库》等，已非人人财力所能及。纵财力能及，然而是否如大人先生们，借此以壮观瞻，尚属疑问，不过能购这些书籍的人，已不愁没有安置之法。所最感麻烦的，还是一般费钱不多，存之则占地盘，弃之又觉可惜的书报。

于是乎书报安置，竟成了一个似易非易的问题。

在别人，不知道怎样办法？在我，是将一切书报，听其自然的安置。譬如书报到了，我是坐在书桌前的，我就在书桌上看，看了就将他搁在书桌上。设若有客来了，我对于书报中兴趣正浓，不妨携至会客室中，与朋友共观。朋友去了，我若忘记收检，就听他搁置室中。我若余兴未阑，或因坐的时间过久，感觉不舒服，那末，我就将他带到床上或躺椅上去，再慢慢的玩味，若果有趣，就一直看下去，若果无趣，就不妨以之作枕头，垫靠背。总之，方式没有一定，一概听诸自然，连个爱放在那里就放在那里的爱字，都说不上。

这样，遂使得书桌、沙法、床头、饭厅、洗脸架、马桶边，都堆了不少的书报。

在起初，本来是事出无心，但是，积久成习，也觉趣味无穷。第一，是具有不整齐的美感，横一本，竖一本，大一本，小一本，厚一本，薄一本，高高下下，疏疏密密，或系线装，或系皮脊。有的书上印些古代英雄，有的封面上画些摩登伽女，上下古今，各备一体，使人见之，不觉心旷神怡。第二，是具有不单调的情趣，哲学书堆中，夹入一些科学书报；幽默刊物中，发现几本道学书籍。譬彼园中花木，秉性不同，各具奇趣！亦有几种相互攻點的书报，忽然聚集在一起，看其彼此责难，针锋相对，如见众人，如闻对语，情趣复杂，便人不致感觉孤寂！第三，是浏览异常便利，若果书报均搁置书房，则非书房中，便觉无书报可看。自由搁置，则无论起居坐卧，甚至于上马桶，均可取之左右逢其源。而且士大夫见了，将谓我手不释卷，自我个人言之，亦可以消磨去零碎时间。此外好处，尚复不少。最妙的，隔了一年半载，也可以仿照市政府的办法，来一次清洁运动。

不过，这种办法，只是表示我个人生活的片段，固不必要他人仿照，亦无须乎他人赞美。但是，近来竟有许多朋友，见了我这样生活，不是摇头，便是长叹，我没有问他们的理由，摇头未见得就是非议，长叹或许竟是惊服。横竖我没有看过麻衣相法，用不着去管他。

直至现在，我的书报安置法，还是"外甥打灯笼"，照旧。

跋曰：我久想做一篇文章，专谈书报之安置法。得姚颖先生来稿，题目既然触目，如有人夺我至宝然。一读下去，又尽发我心窍里所谓独得之秘。噫，吾乌可无言乎！夫读书雅事也，既为注册部据为专有，他人不得稍有觊觎于其间，则俗矣。藏书亦雅事也，而偏有暴富商贾，以藏书自文其陋，非善本不购，非全集不置，既购之，则又封之锦帙之内，藏之庋架之上，以豪于清客之前。然书本卷卷齐全，则未尝抽阅也可必，书页无卷耳(美文所谓 dog's ear)签注，指痕、汗迹、烟屑、枫叶，则未尝赏读也可知。然则藏书亦陋事矣。许獬《古砚说》詈尽天下古董收藏家，最得此理，已先获我心，今则又得姚公阐发此理，心中如发奇痒。可见如肯说老实语，见从己出，千古自有同契之人。夫王云五四角，为图书馆员言之也，与吾奚关哉。穷书生须另有办法,如《浮生六记》所言室中布置至理,使小中见大,大中见小,虚中若实,实中若虚。此理得,则穷人书斋可作天府之游,小小书房亦可享绛云之乐。夫书报不可分类。分类,科学也;不分类,艺术也。五尺板架之上,须使诗文齐有,门类错综,经济与美术并陈,诗词与考据栉比,俨然一小天地,则五尺板架富矣。假令一睹而知其为一部《资治通鉴》,则不读《资治通鉴》之时,此架等于虚设,且不欲过目,则此五尺板架贫矣。女子之所以为贵,在其心理之神秘,若坦然无隐,便索然无味。巴黎维也纳古城之可爱,亦正在偏街陋巷之中,时可发见异事异物,住十年犹未能知其底奥。藏书亦然。科学与文学并肩,稗官与经说交颈,岂不雄奇,特世人不理会此理耳。夫书须有个性,装潢不可一律,此吾所以始终不买《四部丛刊》也。一本书须记得一本书购来之景况,或在屯溪购得,或与友人争购,诸如此类,皆其个性也。及其排在书上,忽要查起王国维《宋元戏曲史》,乃如猎户出猎,觅之于上,搜之于下,东窥西探,及其得之,已出微汗,喜何如也。或已翻到某书,而偏偏第三卷遗失,不知谁人借去,沮丧半日,又是何等悲壮。如此则小小书橱,亦可幻为洋洋大观,有美女之蕴藉,有古城之神秘,此亦小中见大之道也。吾尝见美国留学生,二架书橱,竟仿图书馆法,分一千门类,欲求经济学史某书,则对口应曰"五八〇·七三 A",反掌得之,不觉哑然失笑,盖不失其为留美学生也。至姚公谓书做枕头的话,十年前吾已发明此理,有诗为证:

青莲诗集厚,

久读人困卧。

本是枕诗眠，

醒来诗枕我。

书必可寝可餐，然后读得精透，腹中有物也。

五月廿日语堂跋

论林主席微服购物及其他

若照新闻纸的记载法，应该来一条专电：

南京支电　本日下午林主席微服至太平路夫子庙一带旧书店购买古书数本古董数件

在各国，元首出行，并非一件奇特的事，即在我国，法律上亦无明文限制："主席不准微服出游。"然而我们林主席四日出来了一趟，居然哄动了全城。有的说，林主席闲情逸致，有的说，林主席好整以暇，考其语气，似乎都带了一种惊讶的意味。

闲居无事，与友人研究此项惊讶的心理。甲说，因为主席不大出来，所以偶尔出来，便使人注意了！乙说，因为一般要人都很少出来，而主席居然出来，所以使人注意了！丙说，因为要人出来，都是乘汽车、衣华服，招摇过市，而林主席竟微服外出，反其道而行，所以惹人注意了！丁说，要人们出游，每每假借一个正大题目，做其私人勾当，林主席微服出来，系为购古董、买旧书，所以惹人注意了！戊说，因为林主席之为主席，所以惹人注意了。己说……

记得以前有某部长，某日试坐黄包车，往游雨花台，次日，各报竞载，"某部长视察民间疾苦"。实则，某部长因为出入汽车，心中怪腻，一时兴致勃发，开开玩笑，犹如每日大酒大肉，偶尔尝试素菜一样，真是视察民间疾苦与否，又是另一问题。不然，视察以后，对于民间疾苦，为何无一点改革？难道民间并无疾苦？或者民间虽有疾苦，某部长并未见及？于此，我们不能不佩服林主席之"德劭"，购物就是购物，一点也不打谎。

实则在京中做官，也是一件最不容易的事，因为每天将"等因奉此"办完，自然是"公余之暇"了，公余有暇，自然也得娱乐娱乐，调节身心。可是自九一八以来，一般舆论，对于官吏的行动，大加指摘，几乎束缚得很不自由。彼腐化之官吏，固不必言，即稍微爱国的官吏们，也苦于报国有心，展布无术。于是很摩登的名言，就是"方向转变"，乃向腐化的途中前进。但是，嫖吗？公娼系在禁止之列，私娼又要当心警察先生。逛夫子庙吗？事务官或可一游，政务官则难苴止。——以前虽盛传×部长与某歌女之艳事，但×部长既已声明，也就马马狐狐，算是不确——看电影吗？当心遇着丘九——以前有人指学生为丘九——强迫你写伏辩，还要公诸报章。于是，公余之暇，作何消遣，成了官吏们的一大问题。事实告诉我们，解决这个问题的办法，最要的人们，常常跑上海；次要的人们，关门打麻雀；我替《论语》写文章，算是别开生面者。我们的林主席，你教他跑上海吗？他老人家"年高"，往返不便，而且前次向汪裕泰买的茶叶，想来一时还不急于补充；你请他打麻雀吗？因为地位的关系，就是"三缺一"，也不便开口；请他写《论语》吗？只要他肯动笔，想来读者一定欢迎；他为解决这个问题,微服外出,购买古物,这是他一种办法,我们不能非议他。不过,购买古物,终久不是一个常法,依我的建议,请语堂先生每期奉送贵本家主席一册《论语》,帮同主席解决这个问题。

语堂先生以为如何?

二二,五,一。

烟的作用

在本刊中,我们发现烟的两种作用:一是积极的,即是林语堂先生之"思想兴感论"——如此说法,不知犯第六条戒条否?——一是消极的,即是萨加雷先生之"可以封闭愚者之口"(To shut up the mouth of the foolish.)。

在我们贵国,到今日已算是极端进步了!?可是,有思想而不兴感,有利口而不封闭,此无他,不知烟之作用而已。且夫我们贵国人士,未尝没有思想也,听到某种主义时髦,恨不能马上实行起来;看到某国政府完善,恨不能照样搬场过来。虽然会而不兴,感而不神,然而如留学生之善用抽水马桶,亦可得其形式。而且我们贵国人士之思想,有时为他国人所不及者,如鲁迅先生所说,"仅先输入名词,而并不介绍名词的含义,于是各各以意为之。看见作品多写自己,便称为表现主义;多写别人,是写实主义;见女郎小腿肚作诗,是浪漫主义;见女郎小腿肚不准作诗,是古典主义;天上掉下一个头,头上站着一头牛,哎呀,海中央的青天霹雳呀,是未来主义"等。虽然是兴而不会,神而不感,然而如孙悟空之吃人参果，总算阔着一场。不过，严格说来，这类思想虽然也未可厚非，究竟失之呆板，或过于空虚，不是我们贵国所需要的。倘若我们贵国人士，每常运用思想时，左手持烟，右手执笔，使气之轻清、上浮者为绕烟，气之重浊、下沉者为文字，使绕烟轻罩文字之上，文字煦育绕烟之下（记者按：此即高尔斯华绥之"烟、笔、纸联成一片"说，参看本期《说茶》一文。中外学者，互相印证，由此斯道大彰，不容置疑矣），自必灵魂兴感，思想顺序，而无呆板与空泛之弊。

其次，关于闭口问题，我觉着尤其必要。孔老夫子，曾劝人"三缄其口学金人"，可知国人对此问题之注意，真是久矣。夫千百载非一日矣，不过人们究非"金人"之无知觉者可比，一缄已难，何况再三？因此我们贵国之不安定，还是"闭口"之不得其法。现在萨加雷先生既指示"烟可以封闭愚者之口"，实在是救国南针，功德无量！只是这里发生两种疑问：第一，在这民主政治国民参政空气浓厚之下，"闭口"是否有剥夺他人言论自由之嫌？第二，愚者与智者之分野，以什么为标准？日来再思三思，觉着"闭口"并不违犯言论自由，因为可以这样解释："闭口"是"戒严条例"。言论自由之保障，系属法律也。现时言论自由，载诸约法，谁说没有保障？然而刘煜生终不免于枪毙者，因为顾主席要他闭口而他不肯闭。不过顾主席以卫生丸请刘煜生闭口，实在太欠幽默，这是未读《论语》之过，若顾主席善读《论语》，则一根香烟，已可达其目的矣。至于智愚之分，实在简单不过，在朝尽是贤者，在野都是蠢才。现今政府，以人才为号召，"集中人才"又尝出诸要人之口，不蠢你为何在野，不贤他为何在朝，这不是显而易见的吗？贤者之言行，是为国为民的，只有赞美，那敢置议，所以老百姓们，在义务上都应该"早为闭口"。而且你不"闭口"，随时有刘煜生的危险，还是识时务者为俊杰罢！何况果真实行萨加雷先生主张，还有香烟可吸。至于烟钱谁出，那是另一问题。

且夫救国之道亦多矣，有摩讬救国，拳术救国，念经救国，然而欲求其兴感思想，封闭利口，幽默复幽默者，厥为香烟。香烟之作用如此，大矣哉香烟也！同志们起来，大呼：

香烟救国！

二二，四，一六。

烟的副作用

予昔作烟的作用，未尽所怀，承《论语》记者多方引证，告以尚有第三种作用，即把我们由无聊之委员会议救济出来，与第四种作用，使家室和平。但我仔细思想，此两种作用，其说法均有未妥，目前者借烟泄闷，后者借烟出气，都不外转移目标，而非烟的真正作用，仅属烟的各种副作用。但论及烟的副作用，据余所知，又不止此。连日苦雨，未能外出，默坐吸烟，"文思"大发，有感于中，遂成此文。

一、烟可将吾人由无聊之委员会议救济出来，此语幸出诸 Jean Cocteau 之口，若在我国，说此话者，最低限度，可判以反动嫌疑之罪。夫委员制者，民主政治之产物也，自瑞士苏俄推行以来，至我国而集大成。所谓委员也者，几如子舆氏浩然之气,塞乎天地之间,此盖地灵人杰也欤?夫有委员而无会议可乎?有会议而不绵延至一点钟以上可乎?若有人敢作否定答复,必非民主政治矣。为实行民主政治而开会,此天经地义之壮举也,乌可加以厚非。故委员会议之上,无论如何,只可冠以赞美的形容词,绝不能与以轻视的形容词相连,如"无聊"字样等。或者,各国国情不同,我国之委员会议,尽属有聊,外国之委员会议,间有无聊者在,Jean Cocteau 有感而发此慨叹欤!余意,我国委员会议,似应准予吸烟,而烟亦可将我国的委员,由我国的委员会议救济出来。此盖有一种最革命的理由,即委员先生们,关系党国安危,终朝开会,难保不劳心苦思,倘遇精神疏虞,前途宁堪设想?故最好,每次开会,五分钟后,即各赠以香烟一枝,善饮酒者,并佐以白干一杯,必能使各位委员"矢勤矢勇","贯彻始终"。至于烟酒之费,可列入正式岁出。

二、烟可维持室家和平,此语亦须从夫妇双方立言。《论语》记者,仅举西欧方面老爷发雷霆太太敬烟息怒之例,似亦有男性中心之嫌,与我国国情不合。夫室家之成,造端夫妇,"雷霆"非男性专有品,岂老爷可发,而太太不许发欤?抑老爷所发之雷霆与太太所发之雷霆有阴阳性之别欤?抑老爷发雷霆时可以香烟实施人工急救法而太太独否欤?至敬烟之责任,应属诸男性或女性,此虽待所发雷霆者而不同,然就一般情势言之,大约属诸男性。西欧风俗,予未深察,但就 Ladies first 一话意义推之,必为男性无疑,最低限度,亦必彼此实行互惠条件,盖衣食住行,四大需要也,行路如此,吸烟可知。我国女权发达,远胜西欧,虽 Ladies first 已渐行于大都会,未能普及全国,但此乃繁文冗节,与我国实事求是者不同,我国男子无会,而妇女之会,遍于全国,即此一端,可概其余,敬烟之责,应属何人,亦无待乎讨论矣。惟男女平等,载在党纲,故我希望我国男女,不必矫枉过正,各取所需可也,相敬如宾亦可也,但求室家和平,无背平等原则,斯亦足矣。

第三,烟可应付无聊宾客。昔读孟子,至去齐宿昼一章,初以孟老先生颇擅交际之才,继则病其举动予人以难堪。盖隐几而卧,虽饶有幽默风味,然友朋对坐,竟然如此,似觉太煞风景,尤以孟老先生这般 Centleman,更应该尊贤而容众,嘉善而矜不能,不可抱“可者与之,其不可者拒之”之普通见解也。且彼“欲为王留行”之来宾,亦系一太欠涵养之徒,向使见孟子隐几而卧,彼亦与孟子赌睡,则孟子将如之何? 古时之几,吾知必不若今之沙法也,孟子老先生之年龄,逆知必高于来宾也,(见下文自称长者,且梁惠王已称其为叟矣。)使来宾果与之赌睡,则孟子赌至不能睡之时,又将如何? 虽然,此皆古时无香烟之过也,使此时有香烟,以孟子之聪明,宁不知敬来宾香烟一枝,以塞其口,或取香烟一枝自吸,将自己由这种无聊的场合救济出来。反致最后不得已时,终于开口露牙,晓晓置辩曰:“子绝长者乎? 长者绝子乎? ”或曰,孟子当时纵无纸烟,然独无国粹之水烟或旱烟耶? 其所以不用者,非孟子之聪明不及此,或因其穷困之故,试忆馆人失履,赖及其徒,亦见孟子之普罗矣。予曰,不然,孟子虽不能吃白金龙或茄利克,难道连大长城或红锡包一类都吃不起?

第四，烟可调和战争。闻友人云，皆作战川中，一次，奉命包围某城，数日未下。某日，双方休息期间，忽敌兵数人，立于城墙垛口，与本军士兵作下列有趣谈话："喂，弟兄们，有香烟吗？""你要烟吗，子弹由枪里打出来，当然会冒烟的！""不要开玩笑罢，弟兄，有香烟分一点罢。""我们还不够吃，那有多的给你！""你不知我们断烟三天了，真难过啊！""分点可以，只是烟价要比平日加一半啊，要呢就买。""好的，我将钱抛下来，请你将烟抛上来罢。""接着，烟来了！""好弟兄！"于是交易而退，各得其所。厥后两方军士，接触日多，情感渐洽，及作战令下，双方竟将枪空放，虚应故事，两军领袖，恐日久发生其他变化，竟因此而促成调和。古人有云，化干戈为玉帛，不图今日，竟化枪炮为烟斗，子弹为香烟也！

第五，烟可协助交涉。折冲樽俎，备极不易，偶一失言，弊害以生！故一问题前来，不能不慎重应付，但纸面交涉，尚可从容考虑，再行答复。若夫分庭抗礼，相互责难，则为时匆促，未便迁延。但遇问题提出，既不容轻率置答，自不能不稍加思考，欲求稍加思考，则又不能不需相当时间，设于此时，苟无物焉，借以稍延片刻，势必相对无言，至于失礼！我国旧时，或以茶为代用品，然而茶之缺点殊多，盖取给不便一也。频频呵茶，有碍卫生，二也。闻各国外交界人士，对此事件，几经研究，得一共同结果，即一致以香烟为无上妙品，当对方提出要求时，我从容不迫，吸烟数口，然后徐徐取下，抖弃烟灰。假使问题复杂，尽可将烟再入口中，再吸数口，然后再答，在此静默三分钟时间，自有相当考虑，不致贻误事机！且考虑时烟气缭绕，相对足可忘言，对方见之，亦不致认为失礼。故老于外交者，必吸烟。

第六，烟可挽回赌运。友人祁君语我云，某日与友人竹战竟夜，将行惨败，拂晓，我做筒子清一色，幸告成功，乃听一四筒，良久不出。迫牌将完，我忽摸得白板一张，此时若拆二三筒打，又觉可惜，若不拆牌，则对家已碰红中发财，白板又在包牌之列。是时，适我所吸之烟，已只剩一烟头，我一时情急智生，乃取烟头涂于白板之上，大呼之曰："满贯，自摸一筒！"友朋等，均因作战整日，疲惫异常，而又震于满贯之声，遂不暇研究，我于是将赌运挽回，转败为胜云云。赌，虽人们亦时借作游戏，究在禁止之列，赌中作弊，更应禁止，但祁君能使烟赌发生密切关系，且能运用敏活，殊觉难能可贵！此事为烟的副作用之别开生面者，因其有趣，特为介绍，若曰，《论语》提倡赌博，则吾岂敢！

以上数点，系烟的副作用之显者趣者，至医生借烟以防止疾病，士女借烟以表示摩登，街头巷尾，触目皆是，人人尽知，已无待予之尽量发挥，若读者以为未足，须要再为晓舌，则我特向诸君建议，请吸《论语》牌香烟。

二二，十一，一。

不说自己的文章不好论

近来，运气真坏，航空奖券的头奖既不中，而且还遇到许多怪问题！

譬如，论语社戒条的立法工作，我既未曾参预，而我又非司法院,有解释法律之权,但是,竟有人常常问我,为什么将不说自己的文章不好,也列入戒条之一? 起初,我不回答,将问话者目为"我所认识的怪人",继后,他又来问,我又不答,他继续不断的来问,我仍继续不断的不答,本来"相应不理可也",是现在处世哲学之一,可是为免除麻烦起见,也不容我三缄其口,于是乎在吃饱了之后,对此问题来发挥几句,这虽怪自己还欠修养工夫,然而,也好,因为可以证实并非"自己的文章不好!"

要讨论这个问题,我们先得注意几个要点,不说自己的文章不好,这是题目的正面,既然有人发问,理应特别注意的。再由题目的正面去推想,不说自己的文章不好,照两个否定等于一个肯定的意义说,应该是说自己的文章好,这是第二个值得注意之点。但是题目只是消极的叫我们不说,而且不说的范围,竟限于不好方面,他并未叫我们积极地夸耀自己,说自己的文章好,那末,不说自己的文章好,似也值得我们注意的。现在我们就将他分别的讨论罢。

(一)不说自己的文章不好

文章,本来不容易做,尤其做好更难! 所以文章做不好,我们也得自己原谅自己的。但是,文章而做不好,终是一件不甚体面的事,照家丑不可外扬的习惯法说,还有什么值得向人张扬之必要,想求他人怜惜你吗? 现时恐怕难找这种好人,所以,不说,是很对的! 而且你如不说,别人对你,也就莫测高深,他见你丰度翩翩,服装华丽,举止文雅,他一定认为你是作好文章的。假使你感觉过于气闷非说不可的时候,那你还得看看当时的环境怎样？记得鲁迅彷佛这样说过，与他人谈学问，最好是半懂，因为你全懂呢，他人忌刻你，你不懂呢，他人轻视你。这实在是阅历之谈，足供说话之参考。有人说，现时一般要人，不是也曾对长官口称卑职不学无术，对同事也曾表示兄弟才疏学浅吗？何以他们又能成其为要也？我以为发此问者，仅看到半懂之一面，而未看到半懂之他面也，能谄人者能骄人，你只见其谄的现象，而未见其骄时，亦一样的足以使人怀疑而发问啊（对其长官，或不敢骄，然长官见其能够骄人，亦疑其文章果真做得好也）。因此，对于这种做法，须具有两套本领，有时说自己的文章不好，有时也得说自己的文章很好。假如你老是说自己的文章不好，那你紧防"玩笑遇着认真人"，以你的话语作凭据，敲破你的饭碗，而且在这种盛行吹拍骗的社会中，你将失去了朋友的同情，下属的敬佩！所以，自己的文章不好，不管他三七二十一，唯一的办法，免开尊口。

（二）说自己的文章好

我国有两句最流行的古话，"文章是自己的好，老婆是别人的好"，一般人对于别人的老婆，总喜欢大谈特谈。因此，对于自己的文章，也就时常大说而特说，积习既久，竟自成了风气！甚至影响及于社会国家！

我国的官吏，据说，大都出身于文人，他们当学生时代，已养成了说自己文章好的习惯，及至握了政权，不知不觉间，仍以做文章的方式对付国家，甚至根本将国家看成一篇文章。批评他们的，总喜欢这样说："不晓得这篇文章他怎样做法？""唉，真的小题大做！""这样作风，怎么能应付这样政治！"而他们自己呢，确也以文章的程序去应付政治，而且暗中还自己叫自己的好，或者请其同志捧场！你看，其未得势也，作小册子，大论其国家政治得失，开口爱国，闭口救国，摆出一副国存与存、国亡与亡的正经面孔，而其结论，不外送秋波于甲要人或乙要人，以猎取禄位！其既得势也，今天来一个意见，明天来两个对策，说得天花乱坠，乱人耳目，或则大做其翻案文章，或则设法移转读者视线，以炫耀自己之渊博，自己之有办法。至事实之如何，则竟不复为之计及！设不幸一旦而失势也，又自比拟于老百姓的立场，详述民众疾苦，指摘当道措施，甚且发行不兑换支票，大有一旦复职立可出人民于水火而登衽席的样子，使人感觉着斯人不出如苍生何，而渴望其东山再起！我们试看这种种步骤，这种种做法，何一而非文章中起承转合的滥调！而其直接间接叫好的表情，又何一而非说自己文章好的习气所演成！且也，即间有不由文人出身的官吏，他们到了飞黄腾达的时候，也一样的物色几个文人作幕僚，一样的听从文人大作其政治文章，所以，我认为中国政治，是文章政治，是自己说自己文章好的政治！

最近河南司法界之摇头摆尾案，不是哄动了全国吗？其实据我推想，这位司法官必长于做文章，尤其是旧文章，他因为做文章时，摇头摆尾，已自养成了习惯，及至贵为司法官，他仍如一般官吏的方式，处处以文章出之。我们试看各报记载一件案子，源源本本，曲曲折折，简直是一篇绝好文章，又何怪这位司法官躬亲审问时，不为之摇头摆尾。

间读《聊斋》,见苗生因不满于诸客说自己的文章好,竟不惜化虎以扑杀诸客,事虽痛快,未免太过。使苗生生于今日,眼见这种恶习,已影响于政治社会,不知将作何感想! 我不敢以晚近政治罪恶,归咎于全部文人,但希望文人起来矫正这种习气。

(三)不说自己的文章好

有人说,政治虽如此,功罪尚难量,苗生不常见,说说又何妨? 其实,据我看来,还是不说的好!

郑板桥的家书,不自己标榜,仅淡淡的说,"有些好处,大家看看",至今确常有人看看。艺术叛徒的画,荣膺了文艺复兴的雅号,宜其有口皆碑,然而一般人看了以后,至少总没有勇气再看! 孔子曰:"人不知,而不愠,不亦君子乎?"君子的头衔,自然是孔老先生骗人的把戏,但是人不知而不愠,确是不容易做到的。

而且文章的好坏,很难有绝对的标准,以举世所称扬的古文家韩柳欧苏说,有的喜读苏文,有的喜读其他三家之文,有的说苏文流利,有的说韩文深刻。我们的文章,虽然不宜妄自菲薄,不能步伍于韩柳欧苏,然而我们今日之非韩柳欧苏,则为不可掩之事实,以韩柳欧苏而不免于批评,那末,我们又何能自是,而复自为宣扬!

再则,当今之世,作文章也不容易,描写贵族生活吗? 将目你为布尔乔亚。描写贫民生活吗? 将目你是普罗文学。拥护法西斯蒂吗? 又为德谟克拉西派所不喜。赞成德谟克拉西吗? 又为法西斯蒂所不容。即以《论语》而论,亦复毁誉参半。蒋梦麟先生曾说,文人只配替武人写布告。安徽大学祭朱湘文,也说:"择术不慎而为文人兮,又奚怪夫堕落!"所以,现时文人不易为,而在此种环境中,更难产生出好文章来,那末,还有什么可说!

本来文章好坏,有目共睹。自己的文章好,用不着说,自己的文章不好,说也无用。常见一般自命作好文章的人,集其友朋及下属而请其批评,他人以其碍于情面也,亦复阿其所好,于是竟扬扬得意逢人便道。其实,这种说等于不说,倒不如根本不说,还足以表示谦虚,位列君子。

话,似乎说得太多了,再说下去,恐他人亦将疑我有"说自己的文章好"之嫌疑,论语社编辑先生们,或且认为我有意希望多得稿费,不如即此止住。我们归纳上面的讨论,作一结束,认为"说自己的文章好",趋于乐观,未免太过;"不说自己的文章好",偏于悲观,似乎不及;惟有"不说自己的文章不好",不偏不倚,深得中庸之道!

我非论语社戒条的立法者,亦非司法院之解释法律者,这种结论,不知道对不对,质之原起草人,以为如何?(完了)

由陶亢德先生转来姚公大作,附函云"请立法院长加跋,以见有无与立法原意,互相抵触"云云。按姚公诠释法理甚是,以政治与文章合观,尤得真诠。但有一义未尽者,即"不说自己的文章不好",并非"请他人说你好"之反面语也。今人著书,皆如孝子发先人行状,非林主席、刘瑞恒、孔祥熙题赞不可。试问彼辈置林主席于何地?若郑板桥作书,不肯请人作序,乃《论语》真信徒耳。是为跋。语堂

政治上的推与拖

一、听到的。闻老于官场者云,在政府机关做事,须具备两字密诀:一是推,二是拖。

甚么叫推呢?无论任何事体,不轮到你做的,绝对不去招揽;轮到你做的,也得设法往外推。推之于别人,推之于别的机关,能全部推出,那是再好没有。否则,就是一半,甚至一部份,只要得推就推,能推就推。为甚么要推呢?据说,可以节省时间,休养精力,减轻负担。

甚么叫拖呢?拖,有两种意义,一是比较重大而繁难的事体,推的原则,已用至无可再用时,就得改而用拖,将他人,或其他机关拖入,与自己共同办理。一是含有继续性的事体,或突然发生尚难逆料其动向的事体,若果骤然处置,将来事态变化,出人意表,定必难于转圜,故须设法拖延。为什么要拖呢?据说,可以节省精力,减轻错误,增进阅历。

这样,或许有少数热心职务者流,将目你为腐化,然而腐化并不一定是罪恶,因为长官对其主管事体,固然希望敏捷,但尤其希望的,是有办法,有眼光,有步骤,心思缜密,处事稳健,应付有方,所谓老成练达之流。你能出主意,不偾事,那就够了!至于事体归何人办理,到何时办理,长官是不大注意的。只要长官不责备你腐化,那你腐化之名,不久自然会烟消云散的。

二、见到的。推与拖的原则,看去虽是简单,然能运用自如,不着痕迹,确实不易!常见初学者,因名利观念甚重,或因面皮不厚，对于推，或则不肯用，或则不善用，对于拖，亦只能做到拖人助己，而不能做到拖延观变，所以名利虽收，其所耗费的代价，也就不少！有时因为太热心了，自己不能向人推脱，反而受人推脱，亦有时因为太急进了，绞尽了一番心血，反遭意外打击！若夫资格稍老的，则较不同，对于人事的分析较清，事体的观察较明，运用之间，似有一定分寸，长官交办之事，固不惜漏夜为之，即长官之亲信委托，亦常尽力以赴。总之，多做讨好工作，公务上之职守，无妨实行推施的原则，诿诸同事或朋友。虽然同事或朋友对你未必心愿，但因你能接近长官，故亦敢怒而不敢言，甚且反而多所奉承，间或背地里稍有责难，然而你尽可自为解释，谓我国向来有句俗话，"照壁背后哪个不骂官"？或则援引古人"不遭人骂是庸才"之句，藉以自慰。更有一般资格最老的，对于推拖之运用，简直炉火纯青，臻于妙境，使用推拖手术时，一点不着痕迹，而他人受之者，亦复乐于接纳，大抵做到这一步，其重要的原则，在于先取得长官之信仰，使同事或朋友对自己发生畏敬之心，然后再拉拢同事，敷衍下属，使他人由畏敬而变为爱敬，待根基既立，于是任所欲为，不特公的职务，甚至私的家事，均可行"无为"之治，收如意之功，盖不推而自有人代做，不拖而自有人献策也。

三、为何现政府下也发见呢？现政府不是革命政府、廉洁政府、矢勤矢勇的政府吗？推与拖，虽然前面言之，长官不一定看为罪恶，然而严格言之，终是一件不可为训的事，何况，相习成风，必使政治趋于腐化，这，岂不与现政府绝相冲突吗？与现政府绝相冲突的事，而可任其蔓延滋长，则其问题虽小，似亦值得研究。

最大的原因，恐怕是任使及罚赏不公吧！中山先生说："教养有道，则无枉生之才，任使得宜，则无倖进之士，奖励有方，则无抑郁之徒！"现在教养是否有道，非本文所及，姑不长谈，就任使及奖励说，对于中山先生遗教，实有未能做到之憾。固然，一个大学毕业生充任书记，本不算侮辱人格的事，然而因为他的同事或长官仅是一个中学或小学毕业生，自然他要感慨了！一个勤谨从事的一等老科员，升任科长，本不算光耀门楣的事，然而忽以新进的一等科员，或二等的老科员升任科长，自然他也要感慨了！由感慨而发现做官之方，升财之道，自然，也只好随波逐流，实行吹拍骗工作了，因为实行吹拍骗工作，对于应尽职务，于势不能不推与拖了！环境如斯，为之奈何！

其次，大概是闲、闲、闲的关系吧？我曾在《论语》上披露了南京公务员生活情形歌云："慢慢叫，画画到，讲讲话，说说笑，吸吸烟，看看报，总算一天混过了！快回家，听听戏，打打牌，好睡觉！"闲到如此，自然养成了一种习惯，何况好逸恶劳，人之常情！自然，闲惯以后，事体来了，应付的妙法，不是推，便是拖。而且，久不读书，眼生，久不提笔，手生，闲久了，办事能率也渐减，不推不拖，又怎么办？

再其次，现时的公务员，也太无保障了，"一朝天子一朝臣"，故各公务员在有事时，即须预为计划，先行拍上长官，以免随时有失业的危险。然而一个靠山，仍有动摇崩溃之虞，故于稳定这个靠山之后，尚须努力于第二第三靠山运动，这种现象，真可谓其情可悲，其心可悯！欲责之而不忍啊！但是，这些找靠山事体，虽属业余运动，然若要去做他，也得需要相当的时间与精力，因而，对于应尽职务，反不能不推与拖了！

此外原因还多罢：如所学非所用，如介之推不言禄，禄亦弗及，如政务官不准兼薪、事务官不准兼差之两不字取消，如党外无党、党内无派之两无字变有。凡此种种，直接间接均足以促进推脱的繁荣。

四、不胜感慨的感慨。推与拖，谁也承认是政治上的病态，希望政治上轨道，希望政治清明，希望政治工作紧张，这种病态，或许是在所必去的吧？

现在，不是提倡新生活运动吗？新生活的意义，不是明礼义、知廉耻、守纪律、负责任吗？自然推脱是违反了新生活运动。然而各级政府的长官，监督不扣钮扣、街上吸烟、随意吐痰等抑何其严，对于政治上的病态的推拖，反熟视若无睹，殊令人莫测高深！

春游与政治

暮春来了！凡读过《论语》的，最易联想到浴乎沂，风乎舞雩的味儿，但因全章书中，尚有子路、冉有、公西华之问答，所以又令人联想到政治问题。于是春游与政治孰重？或者春游与政治并重？我觉着倒是一个值得研究的问题。

就当日子路、曾皙、冉有、公西华的对答来说，孔子"哂"了子路，"与"了曾皙，似乎谈政治的失败。但就出席的人数说,子路、冉有、公西华都谈政治,惟有曾晳一人谈春游,幸而当时是谈话会,若是正式会议,孔子宣付表决,则三票与一票之比,曾晳岂不糟糕!且就子路"率尔而对"的情形说,大有首先发言企图操纵群众心理之计划,以今日之眼光看之,实已深得民众运动之三昧。所以冉有、公西华于不知不觉中,跟着他谈起政治问题来,可惜因孔子一笑,曾晳做了投机分子,以致功亏一篑,未能全场一致。子路知道当日的会议,无关宏旨,也就让其马马狐狐的结束。否则,子路提议请主席宣付表决,或者质问主席为什么以笑来操纵会场,曾晳岂不又糟其糕!

可怜曾晳侥幸成功,还不知足,待子路、冉有、公西华走后,尤复洋洋得意问长问短,以致孔子神情言语之间,大示不满!如曾晳曰,"夫三子者之言何如?"子曰,"亦各言其志也已矣"!亦各言其志也已矣,若译为白话,一定是"也不外各说各的志向罢了"!试想,"也不外","罢了",这些语助辞,是如何的难堪!又如曾晳曰,"唯求则非邦也与"?子曰,"安见方六七十,如五六十,而非邦也者"?试想"安见","而非……也者",这些语助辞,又是如何难堪!又如曾晳曰,"唯赤则非邦也与"?子曰,"宗庙会同,非诸侯而何?赤也为之小,孰能为之大"!试又想"非……而何","孰能为之大",这些语助辞,又是如何的难堪!我想曾晳当时碰了这些软钉子之后,一定了解孔子并未一日忘情于政治,说不定有不少自怨自艾的话语,可惜记载《论语》的,没有记出罢了!

实则,就孔子当初的动机说,问他们四位的,就是政治问题，试看"居则曰，不吾知也，如或知尔，则何以哉？"就是要他们发表政见的意思。但是孔子为什么要讥笑子路而同情于曾皙呢？据我看来，并非喜作春游，大约仍为政治。第一，孔子当时周游列国，怀才不遇，退而与门弟子讲学，闲居无聊，设为政治问答，此情此景，良可悲叹，若果一味夸大，他人闻之，必将耻笑，故假辞同情山水，以遣愁怀！实则对于子路，固深许之，不过嫌其言语不谦让而已！第二，孔子之笑子路，乃是爱护子路，试就"为国以礼，其言不让"两句话来演译，大有一则叹当局之把持，二则恐子路革命失败，不能不劝其慎重，但又虑感觉烦闷，所以赞美曾皙，隐有安慰子路之意。第三，孔子之赞美曾皙，并非一定认为春游主张，高人一等，乃是觉着曾皙还能趋时，注意到浴泳，跳舞，唱歌（舞雩，祭天祷雨之处，近有人解释云，当初祭神，须有舞蹈，如八佾舞于庭，故名舞雩），有了些工具，将来自易在政治上活动，然而又觉着此非正道，所以于同情之中，仍寓感慨之意，"喟然叹曰，吾与点也"，这是多么的难过啊！第四，孔子大约还有一层意思，就是纵使握了政权，也应当随时游玩，尤其是暮春之天，藉以表示自己的"胸次悠然，与天地万物，上下同流，各得其所，不规规于政治之末。"（朱子集注大意）

　　由上面所说理由看来，春游与政治，在圣人心中，虽不敢说畸轻畸重，然而我们可以说，一定是两者兼重的。现在暮春来了，一般要人们，不是远赴西湖，便是近游牛首，而且公余有联欢之社、跳舞有国际之场、沐浴有汤山之泉，实深得圣人政治与春游两者兼重之意！圣人对于子路有勇知方，加以讥笑,大约现时之为圣人者,也是一样讥笑的!

拥护政治与春游并重的古今圣人。

南京的春天

春有孟仲季,这是尽人知道的,南京的春天,自然也分孟仲季呀! 我写这篇文章时,是阴历二月,照时候说,只是仲春,那末,过去的有孟春,正过的是仲春,未来的还有季春呀! 追忆过去,叙述现在,尚觉不难,只有未来的,叫我如何的去想象啊! 但是,题目出定了,只好去想象吧!

一般人对于新年的观念,是阳奉阴违,对于阳历新年,是奉行政府的法令而过其年,对于阴历新年,是违反政府的法令而过其年。孟春是阴历正月,正是最热闹的期间,在前年以前,因为推行国历,最为起劲。到了元旦,每家必得开门,倘有不遵照的话,警察将门大拍特拍,你开了门,还得问你一声岂有此理,至于火爆乐器,简直不敢放,不敢响! 自去年政府体察民情表示不干涉以来,情形就大不同了,今年是解放的第二年,所以尤其热闹! 本来南京戒严,禁放爆竹,可是不惜干犯禁令的,不在少数,警厅因为禁不胜禁,于是加以时间的限制,凡日出前及日落后,一概不许,可是违反这个限制的,仍然不在少数,这种倔强的民族性,有人说,若善用之,很了不得,究竟如何的了不得,则又未见下文。

元旦,地下铺满了两三寸厚的雪,天上仍复雪花飞舞,家家关门闭户,行人异常寂寥,这种清静洁白的环境,在南京还是第一次见到,我很兴奋,出外欣赏了许多时。各机关职员,则据我所知,因为表示遵从国历的精神,大都照常办公,不过请春酒,以及各种娱乐,则仍未能免俗! 犹记我的朋友某君,有一则有趣的日记云:"今夜,某君招宴,敬陪末座,座中有军长、有大将、有总指挥;有大亨白、有老牌三星白兰地,惜无熊掌,为可憾耳!"至于元宵,虽然也一样的铺满了雪,天上的雪花,一样的不断飞舞,可是较之元旦,热闹了数十百倍。单就灯彩来说,白天到总理陵墓去"献灯",而且有许多标语,元宵献灯,是纪念这样,元宵献灯,是打倒那样,到了晚上,灯彩齐明,绵亘数里,听说走了两点多钟,方才走完,懿欤盛哉!可是那夜,却发生了一件意外的事情,即监察委员杜仲虑投后湖而死,很多的人说,杜先生的死,是因为忧愤国事,可是也有人说,恐怕有神经病啊! 确实,天气这样冷,跳下湖去,纵然不怕受寒,也不怕得了脚气,而且放弃大好灯彩不看,非有神经病而何! 所以,我的朋友某君,又作日记云:"呜呼,杜仲虑,呜呼,你看了灯彩才死的吗? 你没有看了灯彩就死了啊?"这一问,问得很有力,杜仲虑九泉有知,亦当引为知己。

仲春,在往年已经是很好的天气了,可是今年,只有二月九日及十日两天,倒还日暖风和,近日以来,又是雨雪霏霏! 因为天气不佳,使得人们的心境,也不快畅,而且又没有元旦元宵的佳节,以资点缀,杜仲虑先生的投湖,又不能延至此时,所以,南京的仲春,倍感寂寞! 虽有褚民谊先生提倡的毽子比赛,可是张先生交踢若干次,李小姐盘踢若干对,也觉得太单调! 冯焕章先生在新生活运动二周年纪念席上,虽然发表其劝人戒赌的妙论云:"常听人说,蒋先生不在京了,牌可以拿出来了，蒋先生来京了，快把牌藏起罢！又听人说，段祺瑞先生每天还来十二圈麻将，而且还美其名曰卫生麻将，何况于我……"可是这种苦口婆心的劝勉，其效力亦复有限！我以为应时的美举，就是春游，仲春虽然尚有些微寒，然使天气放晴，亦可将人们消遣麻将的情绪，移之于山巅水涯间去，就是踢毽子，也不必在中大体育馆举行，而可以在绿茵芳草间踢。

季春，我认为是春的黄金时代。幼年时，只喜欢孟春，因为新年期间，鲜衣美食，以及一切人为的娱乐，最为小儿女所欢迎，及至年龄稍长，遇到日丽风和，绿茵芳草，没有一个不喜欢到郊外去游去的。我一到了季春，不觉将过去的生活，自然而然的回想起来，故乡的小桥、苏州的虎丘、杭州的西湖、镇江的金焦、以及南京人所艳称的牛首，像电影般的，一幕一幕的在脑海中演映。只是在南京，友朋中大都是公务员，公务员对于游，大都抱三种态度：一种是不敢言游，一种是悄悄的游，一种是游必有方。第一种当中，有的是小职员，经济有限，不敢言游；有的是革命者，怕人讥笑，不敢言游。第二种当中，有的爱侣相随，不愿第三者加入，所以悄悄的游；有的人事繁琐，偷得礼拜半日闲，所以悄悄的游。惟有第三种当中，以京市名胜，或系习见，不足以游，或系平凡，不可以游，于是或凭吊故都，或考察西北，或慕泰山之雄伟，或羡西湖之玲珑，不游则已，游必有方。予以为游应当随兴之所适，稍受拘束或带些许勉强，均易使游兴减少，故对于三种态度，均只认为各有是处。

讲到名胜，南京可游之处不少，牛首山之远眺、燕子矶之近观、陵园之整洁、后湖之潋滟，果能游于物外，则一草一木，一山一石，均有可资赏玩处。惟近闻牛首山顶，已谢绝游览，斯则不无遗憾。

公务员喜游，而又忌讳言游，盖当此国难期间，亦自有其苦衷，这个问题，若要讨论，自非一两句话所能解决，且非本题正文，只好待机再说，不过我认为《论语》上载曾点言志一段，很可以供参考，"暮春者，春服既成，冠者五六人，童子六七人，游乎沂，风乎舞雩，咏而归。"这不仅饶有风韵，而且在冉有、子路、公西华等大谈国家大事的时候，公然与人独异，尤为难能可贵，孔子力加称赞，我以为更可崇拜，我们尊孔，我认为要从这些处去尊，外国人有两句俗话，"工作时工作，游玩时游玩"，这却是一个很好的定律。

今年南京的春天，虽然已经过去一半，可是因为气候的关系，国难的关系，尚未有很好的材料，可资记述。再隔半个月，我想天气应该好了，到那时候，我想一定有较好的材料，可供报告。不过，要得好材料，希望南京的同胞，多几个曾点，不要尽是些冉有、子路、公西华。

　　　　　　　　　　　　　　二十五，三，二十。

夏日的南京　代京话

亢德先生来函，要我写篇夏日的南京，这可把我为难极了！他所说的夏，不知是孟夏？仲夏？抑季夏？又不知是去年的夏？今年的夏？或明年的夏？而且夏日的典故，在我的心中，也是不多，"夏日可畏"有不抵抗的嫌疑，"夏日炎炎正好眠"，又违反新生活运动的旨趣！至于夏日的南京，据说奠都后与奠都前确实有些两样，以前的人们，是"金陵怀古"，现在的人们，是"上京求官"。前者心静，后者热中，因人们心境的变换，遂致气候于不同，然而这话怎么好说，说了岂不有损官的威严。所以，总括一句话，夏日的南京，就是热！热！热！

其实热又何只南京！据老于江湖者云，长江流域之热，以汉口为最，重庆次之，南昌又次之，至于南京，不过居第四位。但是，就这几天的寒暑表而论，南京的热度，总是在百度以上，汉口、重庆、南昌，并不见得高过一百十度或二十度以外！所以，将南京降为第四位的热，我为力争首都的尊严计，是极力反对的。何况就社会和个人行为的表现，南京的热，也热的伟大，绝非汉口、重庆、南昌等地所能及！

南京各机关都置备寒暑表，可是他们感热的温度，确因各机关而异！大约感热最灵敏的，要算各学校，最迟钝的，要算各军事机关，至于各行政机关，则介于两者之间。所以，学校能放两三个月的暑假，军事机关礼拜日上午还得办公，行政机关则只有下午可以休息。至于中央党部，本革命的精神，用科学的方法，非寒暑表达九十二度以上，绝难享行政机关同等之幸福。于此，若有人质疑，为什么不定九十度或九十五度而特定九十二度呢？此系专门问题，我非专家，恕难奉答。不过，就我所知道的，九十二度的标准，系取各部会处各寒暑表的平均数，听说秘书处较热，若以秘书处作标准，几随时有休息的可能。于此，若又有人质疑，这种办法，不是很感麻烦吗？可是，手续虽比较麻烦，而好处也不少，因为算寒暑表的，日久可养成专门技术家，在中央党部服务的同志，到上午十二点左右，总有一个希望，即下午是否休息。

至于个人因热而发生的行为，那就千方百样各自不同了！行动最早而且最注目的，自然是我们林主席的庐山避暑，其他避暑庐山、青岛或莫干山的，也就不少！将来定还有不少借口于晋谒林主席或蒋委员长商要公而赴庐山的。听说庐山的房租，今年已较往年增高了好几倍，而且不易租到。说起庐山，是多么令人向往啊！可是日前遇了一位外国教士，他反而对于庐山感觉厌倦，他说，我们到庐山是避暑，你们到庐山却抱了皮包办公。我说，能办公就不错，若果我们国家，也达到自由平等，自然也可以为避暑而到庐山。某教士一笑颔首，可见我的话是胜利了。此外不能避暑他地而留在南京的，则因政治地位或经济情形以及个人的爱好而各不同，大概衣则分夏布长衫与洋线汗衫阶级，食则分汽水与西瓜阶级，住则分洋房与平房阶级，行则分汽车与非汽车阶级。至于消遣方法，游泳于体育场或业余运动会之游泳池，打高而富球于五棵松，沐浴于汤山，兜风于陵园，此大人先生或贵族妇女之所为也。徜徉于后湖，荡船于秦淮，或饮冰于商店，或麻将于家中，午时高卧，傍晚谈鬼，此一般中产阶级之所为也。在家赤膊，出门短褛，左手持西瓜，右手摇蕉扇，且叹且喘，且行且唉，或坐于新街口广场，或卧于门前竹椅之上，此一般老百姓之所为也。卒之大人先生或贵族妇女无多，所以表现于大众印象中最深刻者，还是各公园之游人，以及秦淮河之游船。尤以秦淮河之游船，灯光明亮，歌声曼妙，彻夜不绝，最为热闹！所可惜者，近以两岸人家不能安眠，函请警厅加以限制，不无微憾耳。

因热而受到的影响，为旱与病。近来登载旱灾的消息，几于满报均是，固然不止南京一地为然，可是南京因为是首都，旱也容易使人注意。而且在这个旱的期间，有两件非常惊人的大事，一是班禅大师令安钦佛丁吉佛分东南西北四方求雨；并派喇嘛八人至栖霞山诵经，不分昼夜，务须至大雨时为止。一是社会局会同粮食业公会调查粮食的情形，说现在的粮食，仅能维持五十三日。就班禅大师求雨的动机来说，这种关心民瘼的精神，未可厚非，只是雨是否由求而得，这是要求班禅大师注意的。近闻在栖霞山念经的八位喇嘛，因念经已经一周，而甘霖仍未见降，拟移赴宝华山继续祈祷云。栖霞山我曾去过，庙中没有供奉龙王，这是我记得的，至于宝华山如何，我却不知。总之，我觉着中华的民族，是靠天吃饭的民族，因为二十年大水时，人民也一样祈祷过。我们不知那样上干天怒，不是大雨，就是大旱，天，你也太示人以不广了！说到粮食，五十三天以后，就有断炊之虞，这是多么的危险啊！近日的米价，比起前十天来，已经高了两元左右，照这样的比例推下去，五十三天以后，纵令不断炊，也买不起米吃了！我国既是靠天吃饭的民族，所以这种现象，我还得怪天。因为在夏日，人的饭量既减，而且有西瓜、冰淇淋等可以充饥，偏偏现时还有存米。五十三天以后，正是秋凉期间，食欲增进，偏偏那时绝粮，真是太煞风景！至于病，就我的直觉观察，为数不少，因为我送一位朋友入医院，这也客满，那也客满啊！我素来反对病，可是在这种米价高涨行将断炊的期间，我又相当的赞成病，病了就停止食量或减少食量，那末，五十三天的期限，或可以酌为延长。报载，杭州、长安有农人夫妇，因天旱而自杀，这种向天示威的精神，我虽然相当赞成，然而这种死的方式，我却未敢苟同。所幸在南京，这种现象还没有。

我很想另写一篇"夏日的南京中的我"，只是一半儿怕热，一半儿也因为自己没有惊人的事绩可述。我在这个情况之下，只有一个理想，想学藏本先生避于紫金山，因为我想紫金山一定比城内要凉快些！只是我恐怕豺狼对外人恭顺对自己人不客气，所以我怕。

好！这就算夏日的南京罢！

二三，八，一。

夏日的南京中的我

因为亢德先生的约，写了一篇《夏日的南京》，可是一个不当心，提到了夏日的南京中的我，又给亢德抓住了题目，要我写这篇文章。

我很有自知之明！我在南京与我不在南京，南京并没有两样。我春日在南京与我夏日在南京，南京也并没有两样，可是倒过来说，在南京的我与不在南京的我，自然不同，春日南京中的我与夏日南京中的我，更有区别。语堂先生论小品文笔调，侧重自我，好，就以我为中心点罢！而且，不宜妄自菲薄,这是古人说的,我又何必自馁!

夏日来了,第一个重要问题,就是何处避暑?朋友们来同我讨论,有的赞美莫干山,路程既近,费用又少;有的赞美青岛,市政完善,而且还可以洗海水浴;有的赞美庐山,啊,好伟大的庐山啊,好美丽的庐山啊,气候凉爽,风景幽美,有天然的山水游池,不亚青岛,计程一日半可达,亦与莫干山相差有限。当他们讨论完毕,问我的意见怎样,我说:"避暑有两个先决条件,一是力求舒服,一是有山林气,否则,我宁肯居住南京,挥汗喘气。"自然,我言外之意,他们都是懂得的。

现在是七月底了,我还没有离开南京,恐怕此文与读者相见时,我仍然没有离开南京,朋友们都来问我:"为什么理由?"我说:"我没有理由。"有位惯掉文的朋友,他说:"孟子不云乎,我无官守,我无言责也,则吾进退,岂不绰绰然有余裕哉!你现在正是此等人,何必自苦若是!"我说:"我并不自苦,只是你将孟子的话漏落了一句,孟子是这样说,我既没有官守,又没有言责,而且我有很多的铜钿,所以我进退裕如,想到那里就到那里。"

实则,我若有官守,我若有言责,事体又好办了!譬如,我若负军事或党务工作,我可借口请示蒋委员长而到庐山;我若负内政或铁道工作,我可借口视察路政或市政而到青岛;甚至我可以为敦促黄委员长北上而赴莫干山;为视察华北战区人民疾苦而游览西山;若果我位卑职小,不能自作主张,我就弄个随员,一样可以达到目的。孔子曰"必也正名乎",我只要会找题目,暑也避了,而且旅费也无须自掏腰包,真是一举而数善俱赅！朋友们怪我自苦，我也不辩，我自苦的原因，大约就是"我无官守我无言责也"吧？我想。

夏日的南京的气候，并不因我不离开而减少其热度，他一样的热，而且异乎寻常的热，据天文台报告，为六十年所未有，其热也可知！我热到不能忍受的时候，说也奇怪，我的思想，忽然异常灵敏，我的感情，也觉异常冲动！当冰厂送冰来时，我见其高者如山峰，低者似平原，其溶化处，或肖瀑布，或像河流，我不觉神游其间，寒极而颤！不料一股热气，将我吹昏。我由热风而联想到热带，热带人民，并不因热而绝迹，并不因热而自杀，且因生活紧迫，长作一望无垠的沙漠旅行，他们之视温带，何异于我们之视庐山，人心贵知足，我又何必太息！涉想至此，方得片刻的畅快，不料一股热风，又复将我吹昏。是时，某君来访，黄包车夫以热为理由，坚请增加车资。我觉车夫在烈日熏蒸之下，佝偻奔驰，形似耕田之牛，状如落汤之鸡，劳累终日，得值不过几角，一家数口，依此为生，我虽上方不足，而下比有余！我思至此，心境泰然，不料一股热风，又复将我吹昏！我乃为之愤慨，忽睹案头日历，见今天才是大暑，离立秋尚有半月，而且据流俗传说，立秋后尚有二十四个秋老虎。我于是怪光阴过得太迟，恨不能即到中秋，即到重阳，或效东坡之承天夜游，或效孟嘉之登高落帽。我怪极而恨，乃实行封闭日历，并告家人，切无启视！我又见报纸上登载本月上半月热度比较表，一至五日，已达九十几度，五日以后，更在百度以上，我于是为报复计，将报纸火而焚之，并将挂壁上之寒暑表，取而掷诸冰箱，移时检视，热度已降至五六十,及夜视之,几至冰点,我乃如金圣叹之批西厢,连呼不亦快哉!不亦快哉!我所居者为楼房,我环顾四周,我轻视房东,轻视建筑此房之打样及工程师!一间较大的卧室,自朝至晚,无时不在阳光直射之中;一间轩敞的会客室,正当西晒,下午四时至八时左右,此两室几不可以希夷停留,而且在八时以后,室外已经退凉,此两室因为不易退热,反较室外温度为高。我当戏谓此两室为火坑,有必不得已而须经过此两室者,名曰跳下火坑,朋友等亦知我的会客室为火坑也,而减少往来。我虽觉人事疏稀,然因与热无关,我仍然发恨,当日为什么要赁居楼上?"六腊不登楼",我为什么连这点常识都没有?我的思想,这样的越想越复杂,我的感情,这样的越变越紧张,母亲深恐怕我因此而热昏了,她劝告我说:"你定定心吧!心静自然凉。"

心静自然凉,这倒是一句经验之谈,可是我的心,如何静得下来。我于是想,与其静心,不如劳作,我仍如春、秋、冬各季,起床、吃饭、睡觉,我仍种菜、种花、喂猫、喂狗,我仍外出、购物、访友、游山、玩水,我仍阅报、读书、写字,及替《论语》或《人间世》写文章,我仍这样那样,一切一切。固然,在劳作时间,汗是越流得多,气是越喘得凶,可是我顾不了许多,充其量不过多洗几次澡。多洗澡也是运动,在这个热天,以洗澡代运动,也未尝不是一种办法。我这样的劳作,反觉着夏日无奈我何,我也似乎于此中得悟人类生存之道。不过我的生活,终因热的关系,不能如平日之有规律,譬如夜间睡眠时,或因热而不能寐,或因蚊虫之扰乱而不能寐,或因要人们兜风汽车之喇叭声，使我由梦中醒来，因为这种原故，精神不免疲倦，因而常影响到饮食起居及工作。所幸我无官守，我无言责也，我不受什么拘束，我能照样的劳作，自觉已高人一等，生活虽有变迁，这是无关宏旨的，我想。

我自实行我的新生活（夏日劳作）以来，思想也较单纯，感情也少激越。我已不厌天，不尤人，只想在紫金山找一个土洞，如藏本先生躲藏起来，浑浑噩噩，愈使我的生活，反诸自然，斯愿足矣。不过我顾虑的，怕狼先生不讲交情，至于宪警先生们的搜寻，我倒不怕。

二三，九，一。

无友不如己者
——两种证据两种说明

现在最受人欢迎而且推重的言论，我觉着有三，上焉者革命文艺，中焉者阐扬经义，下焉者顺口接屁。我，上焉不敢谈，下焉不愿谈，现在且做点中焉的工作。

"无友不如己者"，这不是圣人说的吗？朋友，圣人的话不会错呀！偏偏今版《论语》，有曲斋老人者，谓圣人之说此话，系因"免得受累"。而林语堂先生，更谓圣人此种造句，"显见不通"，幸而言论自由，载在《约法》，更幸而曲斋老人等的说话，系在民国二十二年，否则，我真替他们担忧。我惯尊孔，尤善读经，对于正统派之解释，"此章书是圣人勉人择交之意"，固然不敢赞同，但对于曲斋老人等之解释，"免累"与"不通"也觉得有点"那个"。在我的看法，圣人之说此话，一定不是"居吾语汝"的教训,而是"喟然而叹"的感慨!若当时有新式标点,一定不是那样的"无友不如己者"。而是这样的"无友不如己者"!事实胜于雄辩,朋友,你听着吧!

一、以说话为证。"吾家太炎""吾弟行严""我的朋友胡适之",此类口吻,朋友,你们猜猜,究竟是何种心理?严格言之,不外表示无友不如己者而已。以太炎、行严两先生之为人,而犹不免于此,其他可想而知。犹忆某部小说,载前清末叶,巨盗李某,久拘未获,役吏为卸责起见,任捕一李某以进,县官不察,严刑拷问,李某愤极大呼曰:"大老爷呀!你从不看远祖唐朝天子李世民的情面,也不愿家叔当今宰相李鸿章的寅谊吗?"县官骂曰,"胡说",李某曰:"大老爷,怎见得皇帝宰相不是一家,而强盗就是一家呢?"县官无以难,竟行释放。是则善用"无友不如己者"之意义,且可免除祸患矣。故使太炎、行严两先生若有一人不幸而为阿木林,我恐行文时,未必肯说"吾家阿木林"或"吾弟阿木林"也。又使巨盗李某,若已奉旨招安,编为总指挥或军长,恐误捕之李某,又必受责为"胡说"也。说话如此,谁谓"无友不如己者"不通!

二、以做官为证,做官之条件甚多,吹牛其一,吹牛之方式甚多,满口不离达官贵人其一。是故科员与科员谈天,必涉及秘书、科长,秘书、科长谈天,必涉及司长、部长,司长、部长谈天,必涉及委员长、院长,此理为何?"无友不如己者"一语作怪而已矣。且也,达官贵人,范围至广,品类至繁。使南天北地,随意乱指,或虽指而仅及起码人物,则听者亦不注意,或注意而亦不甚起劲,必也。所指的达官贵人,一戒冷,二戒僻，三戒小，然后方能娓娓动听，此理为何？"无友不如己者"一语扩大其作用而已。忆民国十八九年间，汉口流行一种《竹枝词》，犹记一首云："市长 ×××，说话把头摇，开口总司令，闭口何芸樵"！此真善于做官者，故能大红而特红！然究其何以仅提总司令及何芸樵，而不及其他，则因我市长善读《论语》，了解"无友不如己者"一语之运用而已。做官如此，谁谓"无友不如己者"不通。

或曰，如此说法，则吾人只有胜己的朋友，而无不如己的朋友矣！但世间对于不如己的朋友，普通亦呼之为朋友，这又如何解释？我敬谨对之曰，有。

一、古典派的解释。你该知道，人们有五伦呀，朋友就是五伦之一，他的重要性，是与君臣、父子、夫妇、兄弟相等的。"其父攘羊，而子证之"，圣人已悬为禁例，就是你的老婆是麻子，你的兄弟是蠢才，你也不应说，因为隐恶扬善，圣人之道，何况家丑不可外扬，是我们的不成文法呢！朋友不如己，还有甚么好说。所以，不否认他是朋友，已存忠恕之道，若照官场的先生们看来，这种不如己的朋友，简直应该搁入取消派。

二、现代派的解释。现在人们的生活，大都系集团生活，集团生活中，大概有三种人，一，领袖（一般亲切而通俗的称呼，又谓之曰老板）；二，同志；三，群众。胜于己而为众所拥戴者曰领袖，与本人半斤八两不相上下者，曰同志，"不如己"者曰群众。我常闻人言曰，"老李系老陈的群众啊"！"他们都是老 × 的喽啰"！喽啰者，即群众也。故在今日状况之下，除领袖或同志可称为朋友外，不如己者，亦可称为群众或喽啰,界限分明,不容淆紊。难道群众或喽啰可称为朋友吗?那才真是笑话呢!——据说可以这样的笑!

在这个年头,做些阐扬经义的工作,我想,不仅必要,而且十分合理。

游牛首山记

春牛首,秋栖霞,南京人所艳称之胜境也。余旅京近七载,除栖霞曾数顾外,牛首则从未一游,每至春来,闻人提及牛首之名,辄不禁悠然神往,顾或牵于人事,或惮于路远,或以兴趣之欠浓厚,或因气候之不凑巧,以至耽延至今。

月来景色清明,人事稀疏,游兴焕发,大有苏子瞻谋妇得酒之概,正拟一探牛首之胜,释我七年蕴结之怀。顾余家居城北,而山则在南门外三十里许,往返近百里之遥,绝非人力事所能胜任。欲向友人借汽车一往,又恐为吴稚老所笑,盖稚老有云:"岂必白坐他人汽车,始得谓之尽瘁党国乎!"白坐汽车尽瘁党国且不可,以之游山玩水,更乌乎可,于是行之问题,从而发生。

四月八日——乃阳历,非我佛生日也。适值星期,晨起,忽何郭诸君十余人来,约作牛首游,余闻而色喜,不及进早点,匆匆随之就道,盖诸君均汽车阶级,可以解决行之问题也。车出南门——现名中华门,循京芜汽车道前进,两旁豆花盛开,麦薤青葱,微风吹来,香气袭人,腹中尘虑,为之一消!山林旷野间,时见农夫高歌,嫠妇啜泣,徒以车行甚速,不及细辨其哀乐。乃正欣然自得,左顾右盼间,忽见前一高山,塔屋杂存，余谓郭君曰："此风景，或尚不恶。"言未毕，前面何君之车已停，但闻同行者欢呼之曰："到了！"

　　下车后，乡人纷来问询，是否要其引路，余因常见引路者言语粗俗，足以减少情趣，故谢绝之。乃自告奋勇，与郭蒋二君先行，约十余步，至山脚，有标语式之木牌楼一架，上书牛首山造林场并注某部长大名，实则字非所书，且名胜置此，徒使人见而不快也！山路不平，益以曲折陡峭，行走颇吃力，是日天气炎热，余衣履甚厚，故尤感劳顿。但郭蒋二君一鼓作气绝不消停，余亦不欲示弱，相与偕行。及抵玉梅花庵，余欲入内瞻仰，且以疲乏过甚，亦欲藉此小憩，乃郭蒋二君，力主先至山巅，再行徐徐而下，余正犹豫间，蒋君已拾级而上，相隔几十余丈，且在上大呼曰："快来！快来！"余不得已，复鼓勇前进，至大雄宝殿，余又拟入游，而郭蒋二君以外表剥蚀，内容可知，仍不稍留，循左旁石阶，趋塔旁，始稍止，余亦趋而往。塔，年久日深，砖石多欹毁，郭君曰："知命者不立乎岩墙之下，曷去休！"余曰："岂有不自我先，不至我后，适于此时倒塌之理！"随言随入塔中，则见光线充足，建筑玲珑，惟无梯可登，略为一憾！旋离塔，复上升，历文殊洞辟支洞诸古迹，门户全无，灰尘寸积，无一可留恋者，乃更竭全力，以达山顶。山顶平坦，广约十余亩，有土塔一，高不及丈，旁立一木枒，闻为测量之用，余等以行走过急，均感困顿，乃倚塔阴休息。

　　移时，精神恢复，缓步至山边，举目四望，但见烟云一片，气象万千，甫经过之京芜公路，蜿蜒于东北山麓，车马奔驰，如同孩具，阡陌相连，不啻图表。山南松林畅茂，微风一过，有声淙淙，如同流水，古人所谓松涛者，其此也耶？东南有一山，高度略逊，是上亦有一塔，与此山之塔，遥遥对峙，但不审其何名。西南则其他诸峰，仅及山膝，故能纵目远观，以窥长江，青山绿水，若隐若现，使傍晚登临，则落日上下，渔火明灭，当更有无穷雅趣也。余流连欣赏，不觉喜极长啸，始悟牛首之美，固不在其庙貌之新旧，塔式之美恶也。

正快意间，忽张君来，谓何、谭诸君相候于玉梅花庵，催即下，余以游牛首仅及山腹，殊觉辜负此行，但无人为之传语，乃与张君偕返。正举步间，忽晤同学何君，谓山之北侧，有石累积，俨若牛首，乃相偕往观，果见形像类似，其鼻眼处，各有狭长小洞，中注清水，以棍试探，竟不及底，大约山之得名，即由于此。惟以其地险峻，未可久留，乃步至玉梅花庵，至则见诸友正啜茗高谈，谓如此风景，乌可一游，且以余之上下奔忙，认为失计，余知其不可晓以真情也，但微笑之而不辩！

是山俗谓牛首，而土人则坚呼为牛头，实则首即头也，土人之斤斤计较，殆含有文言、白话争辩之意味欤？又相传岳武穆昔曾大破金兵于此，以地理测之，容或不虚，当此外侮日亟、国势凌夷之秋，凭吊往事，殊令人感慨不置！

正午，群感饥饿，且以游兴已阑，不欲多留，乃相率下山而归。

藏本寻获以后

"唉！这次藏本事件真危险！"

"呕！全赖总理在天之灵！"

当上月十三日藏本寻获以后，一般人见面，问的多半是这样的问，答的也多半是这样的答！

藏本为什么要失踪？据藏本云："我此行意义，我不愿说（言时泪下），回领馆后，亦不愿发表。"那末，藏本此行意义，我们是无从知道了！无从知道就让他无从知道罢！

大家虽不去研究藏本的此行意义，对于藏本事件的严重性虽然只是唉与呕，然而对于藏本此行之遭遇，如遇一似豹或野猫的巨兽，如脱去衣服静待野兽之来袭，如自掘坟墓了此一生，均觉着异常悲壮，有声有色，故南京人士，以此为题材而讨论者甚伙。兹就讨论之有义意者，介绍一二，以示国人关心此事之一般。

自去春以来，因发现四方城狼食小孩事，于是紫金山有狼，已为大家共知之事实。谭延闿先生墓旁，更立一木牌，大书"山上有狼游人当心"，愈为坐实有狼之绝好证据，故藏本说，他曾经看见似豹或野猫的巨兽，大家不约而同的，都推想其为狼！

就算他是狼罢，若说是豹，那更厉害了！狼的野性，是人们都承认的。遇着比他弱小的或虽是庞大而能力不足以胜过他的，他总是一味的欺负，毫不客气！乃此次紫金山上的狼，竟一反此常例，对于藏本先生，特别的有礼貌，这实不能不承认为狼的伟大！所以，有人说，这个狼一定懂得外交，尤其懂得现时的中国外交，你看他运付事机，如何的沉着，如何的有分寸。外国政府对于警犬或军鸽等有功劳时，常赐予金牌或银牌的奖章，我们政府惜乎没有，若有，则此狼一定可以得到等于青天白日章的荣典！又有人说，这个狼颇具有中国人和平宽大的国民性，据藏本先生说，"我将衣服脱下，予巨豹以便利，但巨豹来往数次，迄未见临！"难道是巨豹或狼没有看到藏本先生吗？这断乎没有的事体，看到而复能明礼义、守纪律，这实在是难能可贵！值得人们称许！又有人说，此狼颇具有牺牲为国的精神，狼觅食物，据我们推测，想来一定不容易，不料遇到现成的东洋料理，徒以爱国之一念，竟能以礼自绳，弃而不顾，实足以讽末俗而励人心，假使可以明令褒扬的话，实值得明令褒扬！不过，我觉得荣典也、称许也、褒扬也，未见得做得到，即使做得到，亦未见得为狼所需要。自去岁狼吃小孩的事件发生以来，闻陵园管理委员会，除一面布告人们当心外，一面并请打猎名手，设法搜捕，现在狼既有功于国家，似宜特予保护！再则我主张以后对于狼字，稍加尊重。譬如报载，鄂豫皖三省剿匪总司令部以豫匪张学良与副司令张学良姓名相同，通令各部队，将匪改称为张学狼。其实狼与良既不同音，且如紫金山上之狼，已非尽人所能学。我意，三省总部可以将豫匪张学良改为张学梁，盖世人说贼，常曰，梁上君子，小丑跳梁，故用梁字最为适宜。不过，倘使三省总部的意义，是叫豫匪学紫金山上的狼，那末，我也赞成，因为含有一种勖勉的意义！

　　然而，朋友许君仍然坚持的说，紫金山上的狼，不宜特予保护，因为他专门欺侮本国人，如像去年在四方城吃孩子事，至今令人心悸！诚然，使紫金山狼迹全绝，以便有雅兴的人们，得于黑夜之间，一如藏本先生登山远眺，鉴赏灯炬辉煌的南京，全不受丝毫的恐怖，自觉尽美尽善。不过，以欺侮本国人为狼罪，谓当处狼以死刑，似乎太过，其实，欺侮本国人者，又岂狼而已哉！或曰，狼去岁与今夏的行为，似误解提倡国货之意义，非罪也！

　　藏本先生又曾自掘其坟墓，自掘坟墓，普通是一种骂人之语，然而藏本先生竟躬亲行之，所以我认为世间一切骂人之语，骂者实在不了解被骂者之苦衷。假使被骂者没有苦衷，骂也枉然，假使被骂者果有苦衷，骂也无用，藏本先生有甚么苦衷，藏本先生既然"不愿说"，我们又何必过问。不过，此次藏本先生自掘坟墓，因为没有带得有锄头，全凭两手工作，实在太辛苦了！无怪乎藏本先生归来，神情颓唐，身心疲倦了！藏本先生在山中所藏身者，为一地洞，洞口甚小，人置身其中，头部尚须露出，该洞四围，均为野豆及乱草所蔽，非特别注意，绝难发现，就其形状观之，极似獾兽之巢穴云。闻陵园园工张某最初发现此洞时，系因上山游玩，见一鸟息于树上，张某以石击之，鸟落于地，张某寻鸟不获，竟得此洞。因此洞之发现，乃注意于侦察，遂续发现藏本至刘凤祥茶店午餐，因餐资无着，以金钮作抵，茶店不受，请其下次再付等情事，于是而藏本因以寻获，世事之巧，有如此者。向使张某不上山，上山而不打鸟，打鸟而鸟不落，鸟落而未尝发现此洞，或且藏本不外出觅食，觅食而不以金钮作抵，予侦察者一深刻印象，则藏本先生恐一时未易发现，则其事岂不危险！所以有人主张将紫金山所有山洞，一概填塞，似觉不为无见！

藏本先生寻获以后，现已平安回国了，各国都替我们道贺，我们自然更引为欣幸！藏本先生说："我今重回，贵国无负于我，我亦无负于贵国。"对的，我们很感谢藏本先生。只是须磨总领事说，藏本先生这回事体，"辱及君国，累及友邦"，我们觉着未免太客气了！辱及君国一层，我们未便参加意见，累及友邦一节，我认为倒不在乎，因为我们是不怕累的，假使若果仅仅是累的话。

奇怪，世界的怪杰墨索里尼对于此事，忽然发表谈话起来了，他说："日本对藏本之觅得，应感觉十分失望，盖因此而失去一种机会，日政府已准备在中国中心成立日本警备队。藏本之获得，日本不过失去其机会，然其计划，则仅暂时延缓而已！"真的吗？恐未见得，因为我们对于藏本失踪，仅视为藏本失踪而已！藏本寻获了，日本应该欢喜，为何反而失望，岂真是怪杰说怪话吗？

"唉！这次藏本事件真危险！"

"呕！全赖总理在天之灵！"

二三，七，一六。

雨花台上看风筝

是月也，杨柳青，雨花台上看风筝！

在先，本来不想去看，也不敢去看，为的是：有人讥笑这是有闲阶级的玩意儿。京沪报纸，理出其史笔的记载："华北危急声中，南京风筝比赛"，使人读了，觉得有点内愧于心。此外，由舍间到雨花台，坐黄包车，伤仁，坐汽车，伤廉，在这二伤之中,均有背于新生活运动,这也是一些不去的附带理由。

可是,我终于去看了,在四月十五那天。

这,说来话长。

第一,是憧憬着幼年放风筝的情景,及回忆着"杨柳儿青青放风筝"的诗歌。第二彷佛记得蜜斯林黛玉曾经说过,放风筝可以去掉晦气。第三,是佩服褚民谊君关于放风筝的科学谈话,"美人富兰克林尝因此而发明电学,即今日之汽球飞机,亦实导源于此,且有用以载人升空照相,为国防之助者"。第四,是无背于新生活运动,褚民谊君认为现时不适宜于打太极拳或踢毽子,所以提倡风筝比赛,这叫做事之宜者,义也,我若不去看,岂非见义不为,无勇也。而且,十五日的公共汽车,据说,可以直达雨花台下,既不伤仁,又不伤廉,真是一举而数善俱备,何况又有几位同志之凑趣,这还不去,难道真如褚民谊君所说,"群居终日,相聚赌博"吗?

四月十五日,起了个绝早,与友人等候公共汽车于国府路。乘车者甚众,我与友人实行精诚团结,奋勇当先,各据一席,方相欣慰,乃乘客源源而上,拥挤不堪,其情与景,不啻罐头中之沙丁鱼,屡想下车,又为情势所不容许,于是实行因是子静坐法。直至到了雨花之台,下了公共之车,才出了一口闷闷不乐之气。

至第二泉,见评判员、比赛者、参观者,济济一堂,四周茶馆亦无空隙,我与友人不耐久立,乃就各与赛者手中,先观各风筝式样,计百余种,出奇制胜,洋洋大观,真是"有美皆备,无丽不臻"。移时,上山,见褚民谊君持其本店制造的绿绫蜻蜓,先行表演,许多人围绕观看,中华照相馆并请其留影,褚君环顾观者,请批评其风筝,观者因其为褚民谊君,且见其笑容可掬,均同声说好。褚君更进而作讲演式的谈话,谓:"比赛风筝,不仅为极合生理之运动,且为极高尚之娱乐,放者往来奔跑,血液流通,观者随时仰望,心旷神怡,较之各种球类,劳者过劳,静者过静,实觉犹有过之。"是时,各风筝已陆续升空,我乃与友人等徐徐漫步山头,清风徐来,芳草如茵,遂就地坐下,及举首鉴赏,见鹰、蝴蝶、蜈蚣、鱼、猫、飞机等满布空中,迎风飞舞,几可乱真!惟以风力甚弱,稍大件者,如百余节之蜈蚣,十七丈之长龙,以及高至丈余之秋蝉,均不能使之高起,虽经数十人之努力,奔驰一二里之遥,然亦旋起旋落,我等乃就已起飞者,就各个人的意见,漫为批评,乃均不谋而合,金同意于双燕之灵活,老鹰之肖妙,以及蝴蝶之美观。至于飞机,不用"斗线",仅以一"引线"系之,非老于此道者,不易办到,盖若用力学方法,求此力点,恐非易事啊!至十二时,因群感饥饿,更以筹备会传言,风力微弱,下星期日再赛,我等乃相偕而归。

不料天公不做美,二十二日,天雨停赛,筹备会乃决定改于二十三日起,至二十八日止,每日下午五时至六时半,专门比赛大风筝,并定二十九日,举行大小风筝总表演,如遇天雨,则总表演停止举行。连日以来,我因身体微感不适,未能继续往观,但见报载,二十五日风力甚强,各风筝均能高飞,极为精彩,尤以华侨之"中山有声大当"为最佳,盖此风筝系依据数学原理,糊以国货丝绸,中缀党徽及航空救国四字,高约九尺宽约丈余,飞放至二千余尺之高,尤隐约闻其弦音云。

褚民谊君自提倡风筝比赛后,实至名归,顿加若干雅号,如褚太极、如杂耍要人、如万能博士、如褚花面、如儿童导师,形形色色,几与风筝式样匹美。有某报更作一建议,谓何不作一马桶比赛会,亦拟比赛标准云:甲、刷得快;乙、倒得干净。斯则未免谑而虐矣!

我很希望此次风筝比赛,大有助于我国的富兰克林的发明,否则,能实现密斯林的说法也好!不要如我幼年放风筝故事,老是使人憧憬着!

二十三,五,十六。

扫墓与教育

非我好选这样的题目,因为关于现代教育的大文章,《论语》六十一期专号,已经应有尽有了!题目窄狭,容易说话,这是我一点私心。而且清明佳节,转瞬就到,据说,在"每逢佳节倍思亲"之原理下,清明,不仅适宜于个人或家族扫墓,而且适宜于民族扫墓,那末,用这样的题目,还含有点缀时令的意味。

为什么扫墓?怎样扫墓?和扫墓与家族及民族的关系如何?这些问题,我想,将来的教科书,或许编入,但是求之现在的教材中,似乎还未发现,然则将教育与扫墓拉在一块,岂非风马牛不相及!但是,我曾听教育家说过,教育可以就其性质,作若干种类的区分,就我记忆力所及,和我大胆的判断,扫墓大约可以归入社会教育。扫墓的性质确定了,扫墓与教育的关系怎样呢？我本拟发表一点意见，但恐于义未周，贻笑方家。好在今年是第一次民族扫墓节，一定有不少的讲演和论着，阐发扫墓的道理，本期《论语》出版后数日，即是清明佳节，读者无妨耐心等着。但是我虽不敢发表意见，然近来因为善读古版《论语》之故，觉着孔夫子所说的"慎终追远，民德归厚"，足以充分表示扫墓在教育上的价值。

不过，慎终追远，民德是否即可归厚，这话有点那个，好在今年扫墓节后，当有事实作证。待到明年此时，我辈再写此类文章时，就可以假借一句现成的文化用语，"事实告诉我们"了。

以上算是总论，以下再作点漫谈吧（有人说，我这样写法，不合文章的格式。朋友，你就不将他看作文章吧）。

我也赞成清明扫墓，因为他含有社会教育的意义，而且当春明景丽的清明佳节，不去扫墓，又做什么？一首通俗的古诗说："清明时节雨纷纷，路上行人欲断魂！借问酒家何处有？牧童遥指杏花村。"这种做法，雅是雅极了，可是不能启发孝思，增厚民德！放风筝吗？今世没有弗兰克林，以之作科学之用，充其量，只可如大观园中各位密斯所说，可以除却晦气；或者如我们褚秘书长所说，是一种平民化的运动，然而仍不能启发孝思，增厚民德。所以，清明扫墓，是一种合理化的佳节消遣法。

还有一层好处，无论处如何顺境的人们，难保没有一点抑郁或牢骚。在小孩子的时代，随时随地，不防张口号啕。若在成年以上，面子攸关，既不可以效小孩子之所为，而且环境复杂,忌讳甚多,尤不敢公然落泪。有了清明扫墓的规定,平日受了长官或同事的非难,或者受了公婆或小姑的厌气,都可以借题发挥,放声大哭。知我者,谓我心忧,不知我者,或将称许乎"民德归厚"！真是一举而数善俱赅！惟哭的范围,似宜加以斟酌,若夫《礼记》所载,泰山之侧,妇人之哭,其声虽哀,吾窃不取,因其公然谓苛政猛于虎,大有借扫墓作政治宣传之意味,此哭的变体,清明政治下所不容许者也。

或谓以上漫谈,与教育无关,若不割爱,似觉画蛇添足,我则以为不然。"提倡正当娱乐",此社会教育家之口头禅也,以扫墓代饮酒和放风筝,正符提倡正当娱乐之旨,何谓与教育无关！至"忧能伤人",乃系古今推重的格言,因扫墓痛哭的关系,使胸中抑郁完全消灭,实大有裨益于人生,更何谓与教育无关！

谨用"人生于世何也盖"的作法,为之结束:"由此观之,扫墓于教育上之意义,岂不大哉！"

墙的悲哀

自从宰予先生睡午觉,我们受了孔老先生一个流弹,人们提到墙,便觉着有点粪土的意味;又由'不可圬也'一句话的演绎,认为我们尊范不敢承教。虽然时至二十世纪的今日,地在大中华民国的首都,我们的本家,有的本质变为水门汀,有的面目饰以泰山砖,但是人们对于我们的认识,仍然夹杂不清,这种封建思想,实是错认者的一种耻辱,我们既无法声辩,只有置之不理。

我们很欢迎革命,因为宣传革命的党部,或军队里政治工作人员,他们真能实施革命者平等的精神,打破阶级观念,不管我们构成的原素,是洋灰或粪土,都给与同等待遇,毫无轩轾。每当"革命纪念日",替我们加上了新衣,点缀以壮烈的辞藻,据他们说,这还有个最漂亮最流行的名词,叫做什么"标语",而且说,作用甚大,可以救国。

当民国十六年,我们初次穿上了这种新衣,也犹如那时将士们背上武装带一样,人们见到了,总是肃然起敬。有的挺胸拍肚,大声疾呼:"同志们,努力,照这样做去!"有的异常局促,连目光也不敢正视。我们彼时真觉着得意扬扬,风头十足!每遇着气候微有变换,恨不得将新衣妥为收藏,以免受风雨之剥蚀。

后来不知怎样,人们也渐趋于势利,我们每次换上新衣,他们也少注意了。不仅向日之尊重我者,加以轻视,即向日之畏避我者,亦且胸挂机关证章,摇摇摆摆,在我面前踱来踱去。我觉着这是一种侮辱,正想提出质问:"尊重我的先生们,这不是你们所反对的人们吗?是几时孟光接了梁鸿案?"我话没有喊出,已听到太息之声:"唉,这些调儿,谁做谁是傻瓜。""打倒,首先打倒这些打倒者。""老是这些旧东西!"我当时很觉奇怪:"先生,你真是不明是非,别的我且不说,我敢发誓,这衣不是旧东西,是昨天才换的啊!"但是,到了此时,我的自信力也发生动摇,人们既然不欢迎,无妨让风雨剥蚀掉。

一次,真可说是浩劫,警察先生竟和我们过不去,带了湿的扫帚,硬的铁铲,向我们挨门排户,实行示威。漫说你身上穿的是新衣,就是披着的是块破布,他们都不让你过去,用扫帚蘸上那恶浊的水,向脸上或身上扑来,等待几分钟后,更用铁铲乱铲。可怜拉掉衣服还不要紧,最可痛的,是肌肉也联带受伤,身体微弱的弟兄,竟因此而殉难。据说,这是因为某某团来华,恐怕服装不雅,贻笑大方。然而我于此发生一个不可解答的疑问,就是替我换衣的人们,为何也不说话,到底到那里去了?

我方喜从今以后,遂我初服,守我方正之身,无以外表炫人,谁知时运不济,命途多舛,近日以来,我身上又穿上了不少的新衣,点缀以不少的辞藻,什么"纪念五一节,要……""恢复五四运动的精神,打……""洗涤五七国耻,还……"我虽然鉴于往昔的浩劫,心中不免警惕着。然而在这个年头,所谓国难期间,我也很想忍辱负重,聊表共赴国难之微忱。以为人们果然照这些话语,身体力行,我虽受些牺牲,也还不无代价。不料就近日观察所得,真正令我失望!人们的注意力,不特绝对的不能如民国十六年的热烈,而且其间还夹了些轻视、讥讽,于是我觉着新衣俨若囚服,恨风雨之不早降。

至此,我不能不悲哀了!

我也有自知之明,因为我不像灵谷寺之牡丹,姚黄魏紫,足堪欣赏!也不像玄武湖之垂柳,摇曳多姿,动人怜爱!然而我所悲哀的:给我更换新衣的人们,为何明知他人不甚欢迎我,还费了许多宝贵的光阴和精力,来替我装饰?再有那般一向同情我的人们,为何也顿易常态,不能贯彻始终?

痛定思痛，我想，还是圣人之言，深有至理，敬告各位先生，不用管我是泰山砖或是水门汀，请你们牢牢记住"粪土之墙不可圬也"的格言罢。

慰中央考送欧美留学归国之失意者

往岁中央考送欧美之留学生，近已陆续归国，惟对于事业方面，有飞黄腾达者，有偃蹇不遇者，亦有虽得一官半职然而位等闲曹者。昨有某某数友，上述之第二、三种人也，过余寓而愤愤焉。余自愧人微言轻，既无力以延揽，亦乏术而推毂，除妥为安慰外，兹摘录其意，公之《论语》，以告诸有同病者。

君等前此之被考送出国也，其操行标准，非 × 院长之得意杰作所谓以劳苦功高计分者乎？[①]劳苦功高之义，虽解释略有悬殊，而字面固无稍异，是则君等固经中央注册之老牌劳苦功高中人也。以君等牌子之老，而又镀以黄金之色，[②]秉国政者，理宜争相罗致，然而君等归国，竟不见用，竟不见重用者，虽曰人事，岂非天命哉？虽然，劳苦功高，今世恭维人之第一流语言也，君等得之，亦可炫耀于邻里乡党矣，不得志，又何憾！且以君等劳苦功高者而不见用，而不见重用，则是现时政治上人物，就常理推之，不外二种：一则超乎劳苦功高之上，一则不逮劳苦功高者也。若属前者，则是君等之资

---

① 劳苦功高计分方法，系将四字拆开，凡曾任秘密工作者为劳，自己或家族因革命牺牲者为苦，办党或民众运动有成绩者为功，曾任省市党部委员者为高。至于中委，更高高乎在上也。

② 俗谓出洋留学为镀金，兹谨借用。

格尚差，"倒霉"，宜也。若属后者，则是君等之资格有余，过犹不及，"倒霉"，亦宜也。

且君等不闻诸革命名言乎？"革命无报酬"，君等前此被考送出国留学也，中央系根据"救济失学革命青年案"而为之，倘当时中央无此决议，则君等将永为革命而失学。中央以不忍人之心，行不忍人之政，年费巨金，实施救济，使君等得以安然出洋，学用抽水马桶①，是中央对于君等，可谓至矣尽矣，蔑以加矣，打破革命无报酬之全国记录矣，乃君等尤作弹铗之歌，食鱼思家，不亦令当局有好人难做之感慨乎？

意者，君等之不得志，或其咎竟在于留学，亦未可知。夫失学一事，在个人立身言之，虽属一可悲之事件，然在现时谋政治饭碗之观点言之，并不一定认为可悲之事件。闻君等未出国之前也，亦曾各有其职务，今乃以留学之故，反而失所凭依，君等午夜思之，或不无昨是今非之感。然若君等能于此中再加追究，当日何以能易得饭碗，而今日反觉难求，则亦可以了然于失意之所在矣。或曰，君等盖长于科学之学，而未长于官场之学也。此言似有至理，望君等铭诸座右，即日将老招牌"功高"二字藏起，对官场之学，努力下一番"劳苦"工夫，夫如此而不用，然后可以尽天下之能事而无憾矣。惟学时是否碰壁，是在君等好自为之，余恕不能保险也。

勉哉，诸君。

---

① 留学生善用抽水马桶。

改变作风

《宇宙风》出版,嘱我为文,我苦于无从着笔。回忆今年四月,因外子职务之改变,京中某报副刊,曾漫话及我,且说我今后或将"改变作风"云云。其言殊为幽默。今见《宇宙风》之一"风"字,遂联想及于此段故事,故即借用"改变作风"为题。惟宇宙风当发刊之始,遽以"改变作风"为文,得无有所忌讳否?

一部《诗经》,最值得讽诵的是那几类?固然,有不少庙堂之士,说是雅,说是颂,但是我则以为"风",最值得吟味。《诗经·国风》衍文有云:"上以风化下,下以风刺上,主文而谲谏,言之者无罪,闻之者足戒,故曰风。"又云"明得失之迹,伤人伦之废,哀刑政之苛,吟咏情性,以风其上,达于事变,而怀其旧俗,谓之变风"。就这两个定义来说,无论是风或变风,其重要使命,在于将社会的痛苦,政治的缺点,以幽默的文字或诗歌,表而出之,藉作谲谏,以为改进社会政治之一助。故其功用,较之"言王政之所由废兴"之雅,与夫"美盛德之形容"之颂,实高出万万倍。又就风之本体而言,我以为变风较之正风,更值得吟味,因为正风虽亦不少譬喻或凌空的写法,然而多少带些绅士面孔,不如变风之自由。

改变作风,与《诗经》所谓之变风,当然并非一体。一般人所谓作风,与《诗经》风之定义,当然亦有出入,但是我以为风之为风,不在文章之格式,而在文章之实质,倘格式更动,而实质仍旧,不能谓之为改变作风,即就改变作风言,有时因环境困难,或国情之不许可,迫不获已,权将作风改变,似亦无可无不可。最近《论语》载林语堂《竹话》,或病其琐屑,不知林语堂曾云"因不配谈中日邦交,国家大事,现在也只能做这种文章而已"。若许我犯《论语》戒条的话,林语堂做这种文章,正是林语堂的聪明处,否则,刊物停顿,个人吃亏,殊觉大背古"风",两不幽默!我年来也因鉴于说话之不容易,故只好默尔而息,若果广义言之,由京话而不话,是亦我之作风改变,无待乎外子职务之改变而改变也。

常闻人言,这个年头,说话不容易,记得最初《论语》征求各地通讯时,有某君亦云,南京通讯不能写。我不揣冒昧,公然写京话者近两年,幸被话者,尚能大度包容,总算不幸中之大幸!我觉着京话一类文字,不过使一般忧国忧民的大人先生,于治公之余,调节其心思而已,连"以风刺上,主文谲谏"的意义,都不敢存,然而仍有不少朋友,过于认真,几要使我幽之则可,默则不能。古人明哲保身,为处世之要道,试问我不改变作风,更待何时。且纵眼一观,大之如内政、外交,小之如起居、饮食,因时间之不同,尚且不惜改变作风,区区个人,又何不可。

但是作风虽然改变,然而我希望能无背于《诗经》上风之定义,更希望能使言之者无罪,至于闻之者足戒与否,我还未经考虑,暂不列入希望中。

变风

为不忍拂《宇宙风》编者之盛意,写了一篇《改变作风》,

乃承编者提议，谓可以变风为题，请我以后源源寄稿，我也觉着变风二字，饶有意味，颇可值得一写。不过，仔细一想，似乎又不能写，因为个人的环境、社会的环境、国家的环境之困难，较之往年，似有过之而无不及。往岁写京话，尚感取材之不易，而况变风之材料，较京话为尤难。但是，进一步想，又似乎不能不写，因为天下大事，尚顾虑不了许多，区区文章，又何必深谋远虑，可写时则写，不可写时则停，岂不干脆！三思而后行，还是写的成分，占了优胜！

郁达夫《梅雨日记》七月五日文中有云："晚上凉冷如秋，今年夏天，怕将迟热，大约桂花蒸时，总将热得比伏天更甚。"果然，九月十日及十一日两天，天气忽然转变，竟仍热到百度左右。夫"夏日可畏"，众人所知，惟时已过立秋，已过白露，避暑者业经归来，喘息者亦经安定，金以为天时从此日趋平和，不致再有炎郁沉闷之苦！殊气候转变，仍复无定！暠暠秋阳，竟同仲夏！日来与友人闲谈，或谓天时若此，人事可知，吾人不应因夏日之酷热而畏缩，亦不应因事过境迁而欢喜。善哉斯言！假使孔子闻之，必曰，始可与言诗也矣。

南京赈灾游艺会，为筹款起见，请梅兰芳博士来京演戏，盛举亦壮举也。当排戏时，曾议及《霸王别姬》一剧，惟以金少山因事羁沪上，不能来，于时霸王人选，大成问题。有人以某要人荐，某要人亦跃跃欲试，不料此讯传出，群情大哗，甚有责某要人将"炸锅"者！我窃代为不平。夫演戏目的，不外娱乐，好，固可使人欣赏，倒好，又何尝不可转移空气！且"牡丹虽好，全靠绿叶扶持"，他人愿充绿叶，竟亦不许，无乃过苛！

再学术全靠继往开来,培植提携,是亦吾人之责,又何必拒人太甚!惜乎一般人见不及此,使绍兴楚霸王,不能与绍兴司马懿并传,深为遗憾!

汽车夫推毙警察案,报载地方法院业已起诉,一般人士,以事涉离奇,对之极为注意。实则怪事年年有,惟有今年特别多,此不过怪事之一而已,稍注意则可,极注意似可不必!我记得警察之为警察也,必先教育于警察训练所,且上焉者尚有高等警官学校,我不识彼等教育课程若何,我以为最好能加添《论语》一科,因为《论语》有云,"为政不难,不得罪于巨室",倘警察深喻此旨,必能套此文章曰,"为警不难,不得罪于黑牌汽车",故即不幸而死,其死亦或较为幽默!

审计部某厅长,因求外放为审计处长不得,乃转而谋审计部次长,因谋之过急,谋之过凶,遂被监察院以"越位妄干"提出弹劾,次长之好梦未圆,且并现职而亦去,俗所谓"偷鸡不得蚀把米"之类是也。此事发生后,一般人士亦引为茶余酒后谈话之资料,实则某厅长亦不过时运不齐、命途多舛而已。夫厅长之升次长,并不算为越位,请托提拔,亦不能认为妄干,至少在今日之政治场合中,此理由尚站得住。倘某厅长所谋一帆风顺,恐羡慕者有之,称许者有之,甚且趋炎附势者亦有之矣。试问今日之达官贵人中,有几位不"越位妄干"者乎?

年来提倡国货,举国风行,南京人士,曾有国货公司之组织,顾名思义,其使命可知也。乃公司营业,以去年为最佳,今年以来,日渐衰落。昨见其近数月来营业状况表,四月为三万四千八百元,五月为三万一千五百元,六月为二万一千元,七月为一万七千八百元,八月为一万三千九百元,长此以往,更不知如何演变。我以为此表虽系一小小统计,然由此可以看出人心,看出国情,看出其他一切。

二十四年十月。

谈时代

古人说:"诗中有画,画中有诗。"时代漫画发刊,征稿于予,予既不善画,又不善诗,奈何!无已,其惟以文代诗,以诗代画可乎?

时代是甚么,我以为他是一位善跑者。他的成绩,永远保持全世界最高纪录,不仅钱行素,孙桂云,刘长春,金仲康等望尘莫及,就是汽车飞机的速率,也无能出其右。

然则我们对于时代,应该抱甚么态度呢?

时代是一天一天推进的,孔老夫子对川水"逝者如斯夫不舍昼夜"之感慨,很足以作时代的描写。在政治组织和行动上,偶然可以见现时的政治与过去的政治,容有类似共同之点,然在物质建设方面,时代总是日新月异的。我们要做现时的人物,就要努力完备现时代人物的条件。但是事业无穷,人寿有限。所以,我们对于时代,就不能不加以爱惜,尤不能不加竞争。我们对于时代爱惜和竞争,就是对于我们的生命爱惜和竞争。

超时代的理想,人们目之为乌托邦,不及时代的行为,人们目之为腐败者,若要不激不随,恰到好处,就得要做到最时髦的格言，"抓住时代"，或"把握着时代"。但是怎样去抓住或把握着呢？固然各种的先决条件，如勇气、智慧等武器，不能不具备，然而对于时代的火候工夫，也要特别留心。齐人有言曰，"虽有智慧，不如乘势，虽有镃基，不如待时"，就是告诉我们怎样去抓住或把握着的要诀。所以，你仅对于时代竞争，而不能抓住或把握着时代，你的事业，还是不算伟大的成功。

不过，你只要能够和时代竞争，已算难能可贵了。我们知道，新旧时代的分野，虽不若汉疆楚界，判若鸿沟。但是时代绝不像路局，可以因人们政治地位之不同，而为之另备专车，以相期待。我们若不积极努力，随着时代前进，则时代将会离开我们，使我们永远成个时代落伍者。所以，我们纵不积极的为事业着想，亦当消极的为免除耻辱，而与时代奋斗。

时代性质的重要若此，而其善跑的本领又若彼，那末，我们就应"加油"，"打气"，奋勇直前，爱护时代。这就是我们对于时代应抱的态度。

我们与时代竞争，有没有"捷径"或其他"妙诀"呢？有，孙中山先生昭示我们——"迎头赶上去！"

全运识小

在十月里，全国运动会的空气，充塞了整个的南京，若仿宣传人员的口吻，应该赐予嘉名，"运动的十月"。

可是，谈运动吗？运动会的意义，各要人已发挥尽致；运动会的消息，各报纸已专刊揭载。不谈运动吗？国庆纪念节，中央明令停止庆祝，你谈，你就违反了中央卧薪尝胆的苦心。总理伦敦蒙难纪念，虽然可谈，但是谈多了，要人们将疑惑你讥讽他们不能效法总理大无畏的精神。此外，可谈的事，未尝没有，但是，如某次长代日本武官雇飞机前往新疆，虽为陕甘人士所反对，然而事关机密，予何敢言！又如铁道部之全国铁路沿线出产货品展览会，虽然琳琅满目，美不胜收，然而涵意重大，又非京话所能尽言。无已，还是谈谈运动会罢。

十天的会期，三十几个参加单位，二千余名男女选手，与夫将近二十万的观众，南京自有"热闹"以来，未有甚于此时者也。谈，真是俗话所说，"谈何容易"！所幸，记者的京话，并无一定范围，而论语社同人，又不欲出一运动大会专号，说不完全，也不要紧。而且曹雪芹写《红楼梦》，借重一位刘姥姥，记者当运动会开幕之日，也见到某要人的一位娘姨——啊，错了，应本中央党部的称呼，称为女工友。——好，就借重这位女工友为起笔罢。

大会场中，有东西司令台各一，开幕之辰，东司令台为主席、会长、院长、部长、委员及特别来宾起坐之所，西司令台则较为普通，故有东风压倒西风之势。东司令台台中，有雅座数排，位以桌椅，铺以白布，殊为雅洁，坐其位者，有盖碗茶吃焉。因待遇之参差，于是凡登台者咸思座。然座位有限，而第二、第三、第四诸排之左，又规定为外宾席，以是后至要人，守秩序者，则直赴普通之座，有非坐雅座不足以显其要者，则就外宾之席，实行侵略。有某中委，携女眷二、孩童二、女工友一，因后至，乃趋第二排就西宾席而高坐焉。于时众目睽睽，纷纷置议，旁坐某君曰，某中委之举动，不仅无可厚非，且应一致拥护也,率女工友入司令台,其有平等之意味乎,据西席而有之,其有打倒帝国主义之意味乎。

九时半,林主席入场,军乐大作,以示欢迎,但司令台上的人们,对之仅行注目礼,或点头以示敬。忽闻声起座中,大呼曰:"站起来,大家站起来!"并愤愤而说明曰:"对待国家的元首,那有这样的不懂规矩!"群众闻声,咸相起立,有某某中委及某某院长,曾起立而坐下,旋又由坐下而起立。有认识大呼者之人曰,此国民军事教育处长某君也。余曰,某君可谓克尽国民军事教育者矣。或曰:"也是一般人奴隶性太重,昔某委员长为主席时,凡入群众会场,见者莫不起立,尤以一般官儿立得最整齐。"余曰:"今日林主席来,首先起立者,固一般无官阶级也。"

开幕典礼第二项,为裁判员及运动员绕场一周,各单位依照报到先后,鱼贯由大门而入,军乐前导,步武整齐,观众精神,顿然兴奋,举欣欣然有喜色! 当每一单位经过东司令台时,台上人们,咸鼓掌一次,以示欢迎。及东三省,哈尔滨、热河,各单位经过,掌声如雷,历久不绝,一时空气悲壮,且有为之落泪者,"知耻近乎勇",其斯之谓欤! 至东三省哈尔滨、热河各位选手,曾于场外,散发传单一种,说明彼等此次参加大会的意义,"目的不在锦标,而在于力争版图的颜色"。故吾逆料观众热烈欢迎彼等时,彼等之心目中,更不知若何悲痛也。

移时,外宾陆续前来,因原设坐位,多为各要人所侵略,故设法增加桌椅,第一排左侧之要人,不得已而起立让坐,然因外宾来者甚多,坐位仍不敷,于是大众目光,复集于携带女工友之某中委身上,某中委似亦有所感觉,乃并二童于一席,并遣女工友于普通座焉,噫,亦似欠平等矣。

旋由王世杰致开会词,褚民谊报告筹备经过,林森、汪精卫、孙科、邵元冲先后演说,蒋中正亦有一电致贺。汪氏声音洪亮,态度激昂,且立意新颖,故为听众所注目。当讲至警策处,如云:"今天,有东三省的选手在,有哈尔滨的选手在,有热河的选手在,我们看见还是悲痛呀,还是欢喜?""诸位选手的使命,不在锦标,而在振起全民族的精神。""我们要使中国,由一个绵羊,变为一只老虎",使得在座的日本来宾,均为之面面相觑,留心细听。

是日,秩序欠佳,当末项首都各小学表演太极操时,大门口闲人阻塞,致小学生不易入内,以至经过一点多钟,始行集合整齐。又因西北角少数观众,攀登看台而下,狂奔入场,致场中紊乱异常。所幸各小学生表演成绩,尚属优良,聊足以慰观众之心。惟终因管理欠善,以致下午演出看客堕台惨剧。

忆秩序紊乱时,予亦在台上,频闻太息痛恨之声,予亦以为应该责备。比返家,至归途中,竟闻人责备台上观众复杂,及起坐无定者。始知怨人者人亦怨之,不禁懔然于《论语》所云"其身正,不令而行;其身不正,虽令不从"之古训。

二二,十二,一。

恭贺新禧

彷佛才读过《论语》新年特大号不久,不料日子真快,又是一年，论语社同人未能免俗，拟出第二次新年特大号，而且征稿于余，这确使我为难极了。

说甚么好呢？

想了许久，觉着不如直捷了当，以"恭贺新禧"为题。

但是王君反对，谓"恭贺新禧，禧从何来？"

其实，王君也太认真了。本来善颂善祷，是中国人的特长，何况恭贺新禧，乃是一句成语。誉人之子女曰"长命富贵"，未必即不夭且贫也。誉人之结婚者曰"百年偕老"，未必即不中道仳离也。誉人之父母曰"福气很好"，未必即不受少爷奶奶的气也。推而广之，骨牌中有至尊，麻将里有发财，然而推牌九者，未必至尊；打麻将者，亦未必尽能发财也。王君又何必太认真呢？而且偌大的中国，岂果无一二喜事，足资恭贺，王君又何必灰心呢？且就我的观察，新禧之来，虽未可知，然而旧喜中，确有不少足资恭贺者，吾人又何不做一番"温故知新"的工夫，聊资慰藉呢？

南京市政府会议议决，凡该府公务人员，月薪在八十元以上者，须添制京缎漳绒或建绒马褂一件。（闻行政院亦拟仿行，但不识办到否？）穿马褂不足奇，不过一个机关，全体职员，齐齐整整，穿将起来，确有些洋洋大观了。该府穿马褂的动议，虽为提倡国货，然而不早不迟，适逢年头岁尾，这确令人回想到幼年过新年时穿红长袍着黑背心的滋味了。有了马褂，又欣逢元旦佳节，自不能不袍儿褂儿，择个喜神方向，到大街上走走；在路上会见亲戚朋友，又不能不鞠躬如也，紧合两手，高举齐额，欢呼之曰，"恭贺新禧"！虽谓恭贺新禧，因马褂联带而出，向使有马褂而不穿，穿而不适逢元旦佳节，或者两者俱备，而又不向人恭贺新禧，岂不太煞风景，失礼之甚。

新年的风俗，虽各地不同，然而考究"吃"，则彼此皆然。就吃的质料说，大都直接间接，与麦有关。如面也、馄饨也、饺子也、面筋也、窝窝头也，固属麦之主要食品。他如酥糖、虾球、蛋糕、饼果等，亦非麦不为功。至如贴春联、封喜钱，其所用之浆糊亦有赖于麦，是麦之有裨益于新年，诚所谓大矣至矣。惜乎我国所产之麦，品类既杂，量又有限，故过年者，类多苦之。去岁美麦借款既告成功，则今新年之面食，自不愁没有美满之解决。马褂穿上，面食有着，是民生问题，已解决其大半，衣食足而后礼义兴。故元旦佳节，若尚不欢呼"恭贺新禧"，实属大悖人情。

且也，闻海关报告，我国进口货中，有意国大勋章一枚，业已起运在途，不久即可到达，据说，此项勋章，乃意相墨索里尼所赠，闻之殊深欢喜。盖领受外国勋章，已觉不易，何况勋章之上，还加有一大（上海人应读为肚）字，更何况所赠大勋章之人，乃举世所称怪杰之墨索里尼。此种举动，是否含有怪味，吾不得而知之。但接受勋章者，既为我中国人，大而言之，似乎关系国家体面，小而言之，则我人似觉亦有荣焉。然则此一种勋章之接受，盛典也！国难家仇，不难报复。是故今年之元旦，不仅衣食有着，而且适逢盛典，又焉得而不恭贺新禧？

王君闻予滔滔不绝，不觉为之首肯，惟王君仍有未能释然者,彼云,恭贺新禧,未尝不可,但满洲有所谓傀儡政府,福建又有所谓人民政府,而胡汉民先生与西南各中委,又尚未能齐集中央,奈何! 予曰,不然,张继等业已南下,中央军亦经调集浙边,满洲问题,因牵涉较大,故解决较难,然而不久的将来,或者将来的不久,以上一切问题,或均有一解决希望。旧联有云,"松、竹、梅,岁寒三友;桃、李、杏,春风一家",此非解决以上各问题预兆乎? 谓予不信,请将旧联改易数字,即可见其妙处矣。

> 蒋胡汪本属三友,
>
> 华闽满还是一家。

朋友,你试想,新联贴好,面食吃饱,马褂穿上,勋章挂起,摇摇摆摆,行于通衢,此非过年的现象乎? 衣食足,礼义兴,难道尚不足以言恭贺乎?

喂,朋友,恭贺新禧!

二三,一,一。

阴阳历新年之比较

寒夜无聊,围炉漫话,群谓阳历之新年甫过,阴历之新年正来,虽提倡阳历,政府已有明令,然使用阴历,风俗仍难遽变,何不就两者之优劣,作为讨论之资料,众曰善。

法学家张君,首先发言:"我们要讨论一个法律问题,先要认识一个最重要的原则,即是这法律是否违反善良风俗。现在我们因为提倡阳历之故,不惜政令皇皇,对于阴历,百般摧残,我觉着似乎太过,要知过阴历年,或过阳历年,均于善良风俗无关啊！"

长于地理学之张君言曰："我国地居温带，历代以农立国，而农产物又以米谷为大宗。当九十月之交，米谷登场，持往交易，换取现金，购买应需各物，及筹备新年用品，惟过阴历年，始能恰到好处，若过阳历年，则有筹措不及之憾。既曰过年，理宜隆重，不应草率，故我以为阴历较阳历为佳。"

五公公曰："我一向都认为阴历好，去岁我过的就是阴历年，当时我贴的春联，是——你爱摩登，可遵阳历；我是老朽，且从夏制。"

一时哄堂大笑。五公公口："有甚么好笑！你们真的讲得出用阳历的好处么？不过趋于摩登而已。"以"摩登"或"老朽"为阴阳历取舍标准，到也新鲜别致。

同学何小姐曰："我认为阴历年的好处，就在于天上没有月色，人间灯火齐明，才感觉有异样的兴趣。向使如阳历新年，三十夜有出月亮的可能，岂非除夕变作中秋，未免太煞风景！"

小朋友卓君曰："先生教我们要用国货，我记得阳历又有人叫国历，既然是国历，那末，就应该提倡阳历才是。"我当为之辨正，谓我国数千年来，用的都是阴历，世俗所传阳历为国历者，系阳历业经国家正式采用为历本之故。卓君即掉转语调曰："那末，我们应该用阴历。"

一时全堂空气，均趋重于阴历年，惟监察委员杨君独持异议，谓"就监察权说，阳历年较胜阴历年。灶君，玉皇委任之监察委员也，过阴历年时，率于腊月二十三送之上天，除夕再行接回,连往返路程在内,月大不过七日,月小则仅六日,灶君既苦于陈诉之匆促,而玉皇亦感于听闻之麻烦。若夫阳历,则十二月为三十一日,时间既较阴历多一日或二日,则弹劾之案,亦必较为详尽及广大,不至仅及于县长而已。当此五权试行之初,似应以过阳历为宜"。

王君见忽有两种意见发生,恐彼此感觉不快,乃起立言曰:"不管阳历与阴历,我们所希望的,是要怎样才能过快乐年。要过快乐年,不用说,首要在民生,我们理想中的民生标准,我认为:衣——南京市政府的马褂;食——棉麦借款的美麦;住——南京中山门外小茅山官邸;行——航空公路奖券所购置的飞机或汽车。民生问题解决了,过阳历年也好,过阴历年也好,过阳历而兼过阴历年更好,否则你过你的年我过我的年也行。"

全堂寂然,似觉不努力于国计民生,徒为阴阳历之争执,均属多事。

二三,二,十六。

我与《论语》

未下笔前,心冬冬的跳,在《论语》两周年时,这类题目,最易为人所采用,雷同,岂不糟糕!继想我虽人人可称,然而我之为我,未必人人一样,《论语》尚有古版今本之不同,"我与《论语》"侧重自我,即使雷同,又有何妨?

就认识说,《论语》出版了两期,才由友朋的介绍,买了来看,当时颇觉相见恨晚,不无微憾,幸《论语》大度兼容,竟因此而成了莫逆之交,所以就认识说,是《论语》认识了我,不是我认识了《论语》,倘遇文艺作家,必改题目为"《论语》与我"。我两认识以后,觉得《论语》的口吻、意见、主张,处处均与我相合,同时也觉得我有许多"老实的私见",没有发表的机会与地方,于是随便写了一则"居然中委出恩科",投到《论语》去,不料竟然登了出来,而且还要我继续撰稿,我一则闲着,二则感着兴趣,也就答应下来,光阴好混,不觉就是两年了,就情感说,还是用我与《论语》的题目,来得亲切些!

可是,问题因此发生了。不知是我连累了《论语》?抑或《论语》连累了我?责备我最厉害的,是一般以革命自负的朋友。他们怪我不去谈民族复兴、二次世界大战、莫索里尼、希特勒,而谈烟的作用、主席购物、夏日的南京,他们说我清谈误国,并引晋朝的先例作证;义正辞严,令我不能置答。但是爱护我的,又屡屡对我树起大拇指头,他们以为中国过去太为礼教所束缚了,坐如尸、立如斋,简直像木偶一样。因为生活之沉闷,遂使得思想迂腐,体力衰弱。故认为幽默是救时良药,我能从此方向努力,就值得表示好感;情深意挚,也令我不能置答。我处于两种意见之间,真是左右做人难,有时也很想振作一番,不过又感觉惭愧,因为谈革命既不内行,说我之写文章系为"救时,"亦非本意。但为免除麻烦起见,起初在客厅里挂上了一副"得过且过,自然而然"的对联,近又将袁中郎诗"新诗日日千余言,诗中无一忧民字,旁人道我真瞢瞢,口不能答指山翠"。制作中堂。

《论语》两岁了,就中国杂志界的平均年龄来说,《论语》

已届壮年，或者将入老境，若以之比拟于人寿，则《论语》尚属婴儿。不过往昔我们中国之为父母者，每喜将其婴儿装作成年，衣则长衣，或加小背心，或加小马褂，教则令其循规蹈矩，不要乱跳乱闹，以致小孩子一点天真，都因之而埋没。《论语》年岁虽不多，已具有特殊之个性，我希望大家善为爱护，无使其入于杂志界之老老，或中国过去时代对于婴儿之小老。

二三，九，十六。

一部特别宪法

一、引言

某友携来一书，封面题目《中华民族宪法私议》，旁注小字两行，一为"甲戌仲夏"，一为"一个退避三舍者作"，我对于宪法本系外行，惟友人对于此部宪法，似乎异常热心，坚嘱我务必看看，我迫于友情，又见此书作者，既曰"私议"，又自谦为"一个退避三舍者"，似觉不看，亦似辜负他人著作苦心。乃披阅一过，顿感趣味无穷，未敢自私，谨郑重介绍于《论语》读者。

二、目录

此部宪法，最能引人入胜者，首为目录。兹恭录之如左：

中华民族宪法私议目录

绪言

第一章　总纲三条　第二章　人民由自与自由十二条　第三章　国民经济与经济六条　第四章　人民平等与等平三条　第五章　国民治自与自治三条　第六章　机关与团体权限三条　第七章　中枢制度七条　第一节　国民政府　第二节　中枢立道院　第三节　中枢考德院　第四节　中枢行仁

查现时立法院审议中之《中华民国宪法草案初稿审查修正案》,全部条文,不过一百八十八条,此部中华民族宪法私议,竟达二百二十五条,诚伟构也。

三、绪言

就此部宪法全体言之,其最精彩处,厥为绪言。绪言凡三千言,我初觉其过长,全录之恐占《论语》篇幅。继想,《论语》读者,若仅见一点半点,一定以不获窥其全豹为憾!且此部宪法,前无古人,后无来者,诚所谓游夏不敢赞一词,我何敢妄为割裂!惟有请求《论语》编者,不吝篇幅,赐予登载吧!至绪言中妙处,我特加以圈点,以示奇文共赏之意云尔。

中华民族宪法私议

绪言

本宪法何为而作乎？谓为解内忧而作也可；谓为除外患而作也可；谓为救未亡之中华民国而作，或谓救已亡之中华民国而作，甚至谓救世界，平天下，而作，皆无不可。

此作，自形式观之。可谓为革命之三民主义，五权宪法也。由精神察之，可谓从性之外内主仁，文武宪章也。若自由观察之，谓为一贯之道也可，谓为一贯之德也可，谓为一贯之仁，之义，之礼，亦无不可。更或谓一贯之立，一贯之考，一贯之行，之司，之监，亦皆无不可。

按五权宪法之名，本为中山先生所创始，而三民主义之实，亦为中山先生所告终。

惟此名实终始，而中山从无一贯之理论，未免为学者所不取。且于孔子一贯之理论，间有冲突，尤为贤者所遗憾。今举其冲突之事实，而改革之。并继续其使命，论语其原因，学庸其结果，代作一理论，作为本宪法之绪言，宣我国光，传我道统。

孔子曰，道之以政，齐之以刑，民免而无耻。道之以德，齐之以礼，有耻且格。中山先生五权宪法之行政与司法，不能不谓为道之以政，齐之以刑也。以今之内忧外患观之，岂但势必至于民免而无耻，且恐至于无耻，而民犹不能免也。今依老子道德仁义礼之次序，而改革之。立法改为立道，而天下有道，世界自平矣。考试改为考德，地上有德，而社会自泰矣。行政改为行仁，而君有仁，其国自治矣。司法改为司义，而臣有义，其家自齐矣。监察改为监礼，而人有礼，其身自修矣。如此改弦而更张之，无论天之大张，地之小张，以至于人类万物之开张关张，未有主张不能一贯者也。况中山先生之理论乎。

默察中山先生之理论，所以未克成一贯者：论天时，因其早死十年，未遇今之内忧外患,无以促其主义复礼,而主仁也。论地利,因其长在国外,而短在国内,只知立革命去水之法,以为出路,而不明立大学之道,以司行易也。论人和,因其以夷变夏,未以夏变夷。只知考从性言式之试,以为入门,而不明考中庸之德,以监知难。

中山先生之理论。其理已具,而论尚未备者。一为革命之理论,二为三民主义之理论,三为五权宪法之理论。今依科学之方法,按一阴一阳之道,以一理而论其三。名曰:革命之三民主义,五权宪法理论。以使结洋式绳之徒,亦知吾中国原有从性之外内主仁,文武宪章也。其理论如下。

革命之三民主义五权宪法理论

第一节　革命之理论与三民主义之关系

自知难言之。革之所以为革者,外表也;证反之,内里也。命之所以为命者,表而出之也,反证之,里而入之也。之之所以为之者,进化也,证反反证之,退变也。此之也,必须克之敬之,始有革命之可言。然何克之而又何敬之哉。夫克之者,是父有武德,率性而革命,哲生其子也。其出路,惟精可以通之。但精者,青米也,青而不黄服,米则不诚实,不白种其巩而母用之,是轻气而大泡,不能成何革命也。妇敬之者,是母有孔道,从性而革命,克强其子也。其出路,惟一可以贯之。但敬者,苟文也。苟而如果,若不结果,文虽清楚,而不明白。不黄种应钦而父兴之,是养气而学子,不能成孙革命也。

由行易言之。革命之所以为革命者,内子外表而出之也。在夫言革命,可谓外子革命也。在妇言革命,可谓表子革命也。在天然进化而未得出路时,可谓惟微之道心也。在自然退变而未得出路时,可谓惟危之人心也。人心在其夫,可谓人夫心也。人夫心,即密司太太积极革命心也。人心在其妇,可谓夫人心也。夫人心,即太太密思消极革命心也。人心之革命是如此,道心之革命又如何。道有天道、地道、人道、万物道之分行。心亦有天心、地心、人心、万物心之分易。人之道心，即血管内心也。内心有红血球、白血球之分行，以为易。红血球可谓阴血球也，血阴而球行所易者，白血球也。白血球可谓阳血球也，血阳而球行所易者，元气也。元气，即电气也。电气有动静二马力之行易，马力行动而为阳，其理有上下曲直之风流，其则有左右从革之交流。马力行静而为阴，其理有上下炎润之磨擦，其则有左右日月之震荡。阴阳马力，有老少之行易，其少阴电气，上炎而曲者，即喜气也；其少阴电气，下润而直者，即怒气也；其老阴电气，由外曲从于内者，即哀气也；其老阳气，自内直革于外者，即乐气也。有气则有数，有数则有质，有质则有力，有力则有量。一马力量，可谓马夫之定数也；二马力量，可谓冯妇之定质也。马夫革命之始，必有如科学之电子；冯妇革命之终，必有如哲学之元气，此电学科哲元子，可谓生元也。此生元，可谓哲生也，其哲，生生无已，即民生也。而民，生生无已，即民族也。民族种子，有先白后黄之生成。此夫妇两权革命，大各而共产也。中山先生言革命而创造共和，所以定用三民主义之理，其气在斯乎？

第二节　三民主义之理论与五权宪法的关系

三民主义之定理。自难知之背景论之。三之所以为三者，定数也，数不定，则无三。民之所以为民者，定质也，质不定，则无民。主之所以为主者，定力也，力无定，则不主。义之所以为义者，定量也，量无定，则不义。是则三民主义之定理。可按其背景，释为数质力量之达道也。

回此释道。而以人需之儒道论之。义量有行量、知量之分，主力有知力、行力之工。民质有父质、母质之合。三数有父一母二之作。而中山先生言革命，其心理建设，所以主张知行分工合作者，其意在斯乎？然人欲知行分工合作，能不需用五权宪法也耶？

第三节　五权宪法之理论与三民主义之背景

五权宪法之定理。依三民主义之历景，由易行论之。五之所以为五者，半数也,数不半,则无尔极,权之所以为权者,两质也,质不两,则无轻重。宪之所以为宪者,理力也,力无理,则不性命。法之所以为法者,则量也,量无则,理不从革。是则五权宪法之定理,可释为半数,两质,理力,则量也。简言之。可谓半两理则之达德也。

回此释道,而以为我之儒道兼夫博爱之耶道论之。以法则量,故有物理事理之分;以宪理力,故有率性革命之工;以权两质,故有轻水重养之合;以五乘三,故有曲直两极之作。行曲则能尽其孝,可多结果子,为我而善后;知直则能尽其忠,以率性革命博爱而亲先。

第四节 三与五之关系

三与五之定理。自地道合作论之,三五两数相加则为八,此半斤之定数也。相乘则为一五,此两极之定数也。极虽直为一大五而无三,内使三以孝弟革命形于外。阳极则曲为一小五,实为三之半数。其五反为忠信之从性,而诚于中矣。此三五相加或相乘,惟精可以通之。

第五节 民与权之关系

民与权之定理,由天道作合论之。民权两质相减,一系为政在人之罢选;一系为治在法之创复。民权两质相除:一为先罢免,而后选举;一为先选举,而后罢免;一为先创制,而后复决;一为先复决,而后创制。罢选选罢者,国父国母,自由由自也;创复复创者,民夫民妇,平等等平也。此民权相减相除,惟一可以贯之。

第六节 主与宪之关系

主与宪之定理。以人道分工论之,主力之主,有半君主、半民主,合适之分。主力之力,有数知力、数行力,分之之工。宪理之宪,有半文宪、半武宪,合适之分。宪理之理,有万事理、万物理,分之之工。此分工而合适之,可谓古月胡适之也,古月合而成胡。其所以适者,是主宪之理力有朋自远方来,而见青天白日自生清明也。理力自生清明，白日不亦乐乎，乐则适之也。

适之广东，则可曰：人心惟危，道心惟微，惟精惟一，尤执厥中。适之广西，则可曰：党力惟险，神力惟显，惟天惟地，可行厥山。《论语》其两广东西合作曰：党人心力惟危险，神道心力惟微显。惟精天，惟一地。可允执行厥中山。

第七节　义与法之关系

义与法之定理，以自然作工分论之。义量之义，有半仁义、半智义，合宜之工。义量之量，有知难量、行易量，分停之分。法则之法，有半国法、半家法，合宜之工。法则之则，有一事则、有一物则，分停之分。此工分而合宜停，可谓今日武宜停也。今日分而用武，其所以宜停者，是义法之则量，无友不如己者。而见满地红粮，自通中华也。义法自通中华，红粮过则米勿惮改。米过而不改，红粮则不能美满。美不能满，意则不能真。亲则不能善，共则不能和。产则不能大，是谓过矣。

宜停其红，则可回其颜曰：回之为人也。择乎中庸，得一善，则拳拳服膺，而弗失之矣。宜停其武，则可来其苏曰：耶之为主也，善乎《大学》，见美金。露华华黄白，使人瓜分矣。学庸其红武，则可大使其颜回回颜，如后来其耶苏，苏联华拳拳华曰：耶回之为主人也，善择乎大中庸学，得一美金善，则露华拳拳华。黄服膺白，而使佛㲉分之矣。佛分其㲉，是法失其瓜矣。法失其瓜，义则可惜斯蒂矣。主义法惜斯蒂，则佛道亦可薪传而并立矣。

中华民族纪元二十三年六，二五。一个退避三舍者自识

四、条文之一斑

条文甚多，录不胜录，兹择其尤者摘录两条，惟如此办法，殊无以对作者及读者。

第一条　中华民族立国，以下列之三五达道、三五达德，组成国体，命名为中华民国。

一、三民五伦达道

二、五权三端达德　三端：曰智，曰仁，曰勇。

第四条　人民无论男女种族宗教阶级职业之区别，对于国法家法社会律，皆有由自之人权与自由之民权。自动谓之由自，被动谓之自由。

第十六条　国家应立经济制度，以济生民，使其衣食足；并应立经济制度，以理民生，使其知礼义。

第二四条　人民五伦之中，各有老幼两端，平等则其理为老吾老以及人之老，幼吾幼以及人之幼。等平则其理为祖父教育吾幼于先，子孙孝养祖父于后。

第二五条　国民自治自，或他人治自，与自治他人，应组织社会团体，以行其政权，并应组强国家机关，以使其治能。

此外条文，可资鉴赏者触目皆是，诚有美不胜收之感，限于篇幅，只得割爱，罪过罪过！

五、"一个退避三舍者"是谁？

读者鉴赏奇文后，必欲急知"一个退避三舍者"是谁？要知此公不仅有奇妙之宪法，而且奇妙之名片，我敬请《论语》编者，将名片之正反面均印出，让作者自己介绍自己罢。

河北省水利协会理事长
天津赳赳正式报社社长

武宜停

天津　　　特二区福安街德安里电四局一一三
　　　寓
北平　　　东皇城根三十五号电话东局五九六

武夫	本名桓字毅亭河北香河人与广东香山孙文知行分工合作提倡世界文人大战以消灭世界武人大战为宗旨故名宜停

六、余兴

我谨向《论语》读者建议,诸位鉴赏此奇文后,请无乱笑,以示敬意。盖据友人语我云,此中华民族宪法作者武宜停君精神强健,且善言谈,绝不类有神经病或神经痛者。且武君为某军长之老师,闻某军长现正纷作荐函,介绍晋谒当局,大约即为佩服其宪法之独具只眼也。国家将兴,必有祯祥,信然!

京　话

一

一月二十六日,雪在空中飞舞,茫茫大地,铺上一层洁白地毡,我正披衣起床,欣赏风景,忽然王君匆忙走来,一见大呼曰:

"外面罢市了,不晓得为什么?"

"真的吗?"从来镇定的我,也开始惊讶了!"不会罢!因为从没听到一点动静。哦,不要是休业一日,纪念山海关失陷罢!"

"不然,"王君说,"因为满街没有革命标语,也没有人讲演及散传单"。

"那就奇怪了!不过、罢市两字,请勿乱说,因为乱说就是造谣,造谣就是反革命啊!"

"不是乱说,确实家家关门,不信,同去看罢。"

"开门啰,开门!""硼!硼!硼!"警察先生不仅大声疾呼的叫唤,而且手舞足蹈的打门。

我为好奇心所驱使,上前问警察先生,"为什么他们不开门"?

"为其不开门,我们才叫唤了,还问为什么?"我不料碰了一个橡皮钉子。

"硼！硼！硼！"声音越打越厉害。

"那个！再打我乱骂啰！"那家里居然发出了反响，这实在是大不敬。

走到了大行宫，一家酒馆门口，贴上一张"修理锅炉，休业三天"的红条。折转至太平路，又看见几家铺面，也贴上类似的红条，语气也相仿："整理内部，休业三日"，"清理账目，休业五日"，"改良营业，暂行休业"……

我与王君越糊涂了，互相诧异着，难道一家修理内部，别家的内部也修理吗？还有那些不贴红纸不加声明的，又有什么毛病呢？

"哗哩啪啦！"忽然对门一家放起爆竹来。

警察先生勇猛的上前，揪住了放爆竹的那位"小少爷"，一面大骂："上所去，谁叫你过旧历元旦？"

我和王君才恍然大悟。原来今天是旧历的年初一，我笑谓王君曰："记得土地庙有副对联：噫，那里放爆？哦，他们过年。"

不料我们相信阳历的新人物，竟变成阴历年的旧土地了！

二二，一，二六。

二

文无定法，想到那里，写到那里，倒也痛快！可是偌大的南京，每日事件无虑万千，我虽然自有取舍，然而就我认为可写的，也就不少，照普通通讯惯例，似乎先天时而后人事，好，礼从俗罢！

我国地居温带,纵然广东较热,北方——不指出地方名称,仿《春秋》笔法,志隐痛也——较冷,然而平均言之,大体相似,所以若问南京气候怎样,可以概括答复,与你们住的地方"差不多"！但是究竟差到什么程度？这可举灵谷寺住持上书请林主席赏牡丹事为证,原函云"谷雨后五日,寺中牡丹次第开放",此言谷雨后天气晴和,花木欣欣向荣也。"京内外人士,连日络绎而来……车如流水马如龙",言景色宜人,游客众多也,"惟不见我主席命驾来游",则言韶光虽好,然而"至人无异趣",亦有不表示欢迎者也。

我前请论语社每期送林主席《论语》一册,记者按语云:"据说《论语》刊行以来,京中要人皆已人手一册,赠亦读,不赠亦读,所谓不胫而走,自会走入国府也。"或谓《论语》记者大言不惭,自吹自擂！但我昨过国府,见门前旗帜,业已改换一新,询之某君,据说系因《论语》十五期敝人《京话》之功效。若果某君所说,系属可靠之谣言,则此事虽小,似可为《论语》入国府之一证,我叙述此事时,同时致敬礼于国府从谏如流之庶务先生。

四月中,拓鲁生在文庙举行其个人书法展览会,有对联一副,对于少年新贵以及诗人骚客,可作当头棒喝,联云:

功名竖子早遂

诗赋壮夫不为

于此,联想及一趣事,春初,友人李君往游苏州,谓在虎丘道上,见有数人头发被额,举止潇洒,一望而知其为文艺界中人,忽闻一人云:"车夫呀,你何不在你的足力可能范围内,增加点速度罢！"回首视之，原来此君落后。但此君虽力加催促，然而车夫之徐徐而行也如故，嗟彼车夫，负诗人多多矣。

四月廿六日，国府招待记者室，及参军处值日官室，屋顶外面正中，忽发现尺高火焰。一时府内人员，齐集观看，府内消防队，奔往施救，乃火焰不灌自熄，最奇者，屋瓦完整如故，室内亦无他状，且无电线装置该处并未损坏。此事发生后，人人怀疑，或谓大仙作祟，或则以为乃象征国事，谓不施救，火或竟然延烧，出力施救，火神亦有所畏惧云。

近来娼禁问题，成为南京社会问题之重心，记得京市代表大会，提出娼禁补救办法案，男代表多主张开娼，有两女代表力争不获，竟至放声大哭。最近市政府召集政军警联席会议，对于开娼问题，几乎由问题而变成没有问题了。某市政当局，素来古板其性，方正其行，亦公然援引英之伦敦、法之巴黎，谓妓院林立，无法禁止。于是激怒了妇女会的委员，乘五月一日劳动节之余暇，在世界饭店招待记者，除由唐国桢女士报告该会态度外，刘巨全女士演说，谓"南京商业凋敝，另有原因，固非几个妇女为娼，即可造一新经济状况，假使此说能成理由，则救济中国穷困，直可令全中国妇女全操是业，即予亦愿跳入火坑"。李峄山女士演说："解决性欲问题，非开娼所能济事，苦力无此闲钱，公务员可带家眷，大学生正须努力于学……"观刘李二君所言，诚所谓快人快语，然亦见其愤激之余，不暇择言了。

　　　　　　　　　　　廿二，五，十六。

三

五月以来，南京渐渐热起来了，起初，大家还漫不经心，到了十二日以后，天气陡热，我也没有去查什么寒暑之表，只听一般人说，已经超越过八十度以上。走到街上，已见人穿了夏布之衫，进到菜馆，又见人开了电风之扇，我虽然觉着，脱了驼绒，径穿夏布，似乎有点紊乱了衣食住行中衣的革命时期。然而热是事实，穿了厚衣服出汗，既不经济，又且受苦，于是只好趋时，将夹衣束之高阁。不料十七日夜晚，忽然雷电交作，风雨齐来，昏昏欲睡的人们，不觉为之发扬淬砺！次日读报，知三牌楼广东山庄门前平屋内，二人被雷殛毙，洪武路某号肉摊一人触电惨死。记得一月以前，《三个狂风暴雨中的女性》曾在某校公开表演，不识这次南京天气之急变，以及死于非命的人们，有无文艺家肯出其余暇，来写三个狂风暴雨中的男性？但是这样一来，街头巷尾，又表现了二八月乱穿衣的景象。

五月九日，林主席启节赴陕，有院长委员随行。据说，此行目的，系视察洛阳行都，及建设西安陪都。诚然，在此严重时期，平津危急，南京首都，自不能不作准备，这不特是朱柏庐所说宜未雨而绸缪、无临渴而掘井的普通意义，恐怕还含有长期抵抗的意味在内罢。说明白些，就是"小子，你再凶，我就算让了老家，然而我还有行宫及别墅呢！"西北被灾久矣，开发西北之声，又复甚嚣尘上，建设西安陪都，或者还有救济西北等等重要意义呢！这真是一件极重要而刻不容缓的事！

南京市府，照例每一季有一次大扫除，以孟仲季来算，五月恰好是夏季之中，五月十五，又恰好是夏季之中之中之一日，所以，夏季大扫除，就在五月十五这天举行。事前，各街满布标语，警察逐户通知，临时，各清洁队全部出发，各校各宅亦分别动员。事后，各报大字记载，汇文女中，且由市府派员检查，评定比赛成绩，为最优等第一名，南京总算是从此清洁了！五月间的纪念日，大多在月头月尾，中旬要算最寂寞的了，有此一番大扫除，不仅卫生，而且热闹！我写至此，忽然吴君来访，他说："当大扫除那天，我正坐了一部黄包车，在街上走着，只见清道夫们，扫清垃圾后，将扫帚倒搁在肩上，车夫又没命的将车拖向他们旁边过，以致我满身黏了不少的垃圾。这还不算，忽而来了一部洒水汽车，汽车夫先生，故意向人多处斜着走，而且加重了压力，使水洒在人身上以为乐，可惜我才做的新衣，就这样完了，你还在这里替他们宣传。"我说，他们扫除，系捡除街市垃圾与行人无关；其实，你身上既有了垃圾，何不就便请他们扫除扫除呢！

由扫除又联想到自来水，南京饮水，素不讲究，江水而外，井水塘水甚至秦淮河水，都有人用或吃，自有自来水以来，已一月有余了，人们仍然守旧，对于自来水，并不表示十二分的欢迎，我起初以为是南京人的惯性，或者是自来水质不好，但是实地调查，并不如此。后来见市政府对于自来水的减价，并限制水炉、茶灶，须一律用自来水，方才忽然大悟，知道卫生与金钱成正比例，市政因卫生才恩威并用，从此以后，南京的卫生，可以楷模全国了。

最近南京人们，引为快慰的一件事体，就是胡立夫业经最高法院判处死刑。当去年淞沪之役，胡立夫公然为虎作伥，明知"要受民众的反对，政府的督责"（胡氏语），偏要在上海组织北市地方市民维持会，勒索敲诈，无所不为。及经捕获，而江苏高等法院竟仁爱为怀，判处无期处刑，一时人情愤激。记得陈独秀对记者言，亦以胡氏才是危害民国，乃竟蒙宽容处决为憾，现在想陈独秀闻之亦当为之释然了。但据传说，京中近日已来大批女汉奸，冀以色相勾引，侦察重要消息，转送敌方。此事若确，则胡氏之死，并不足以资警惕。然而做汉奸的，为什么竟不怕死，公然深入内地？甚至堂堂皇皇的首都，亦且大批前来？再汉奸不用男性，而用女性，而用色相足以诱惑人的女性，这又是何所见而如此者？此中原故，殊足耐人寻味，不仅胡立夫一个之生死存亡问题而已，朋友，请你对于胡立夫之死，且慢引为快慰！

廿二，六，一。

四

与大人先生素无往还的我，某日公然接到了一张请笺，具名的是当今主席五院院长及蔡、吴、李三位先生，笺云："六月一日至十日，举行当代画宗刘海粟先生近作展览会，陈列刘先生杰作三百点，敬请评览。会场，花牌楼中华书局新屋。"我当时看了请笺后，马上就有几项浅薄的感想：第一，不期然而然的竟联想到秦琼卖马时的名言，"提起此马来头大"。第二，他人是"三百点"，而且是"杰作"，我胸无"点"墨，怎敢

"评"览？第三，中华书局新屋，听说建造不错，我也想去看看。还有一项超越范围的感想，即是徐悲鸿离京了吗？他是几时出国的？

又不知遇了好几天，我生性健忘，几乎辜负了主席们盛意！幸而我的朋友某君死了，我到花牌楼去买挽联，路过中华书局新屋，看见几丈长的竹布，上面写着仿宋体的大字广告，才想起了展览会还在开着。我于是顺便踱进去看，谁知要买什么两角小洋的入场券，据说这是为赈救东北而发的一点善心。我本来是慈善惯了的，不料此刻忽然作怪，那两角小洋，几乎幻影起来，大于门外的仿宋体字，我于是向后转，不料有一位莫虚友的同事，来招呼我进去，到使我不好意思谢绝。中华书局的新屋，两面当街，光线异常的好，屋内的东西，因光线的幅射作用，也都呈了异态，我才知道美术上对于选择光线，认为第一要着，良非无故！至于"画宗"的"杰作"，本刊业经介绍过，敝人满拟赞扬，只是近日嘴痛，笑不得！不过那天敬谨参观以后，有一个至今尚无解答的疑问，即是："当代画宗"称路易赖鲁阿为"汉学大师"——见"当代画宗"之路易画像及题词——不识路易赖鲁阿也一样的印送小册子及令其门徒宣扬否？

六月五日，中央党部纪念周，汪精卫先生报告中日问题，极能近取譬之能事，对于河北停战协定与东北四省之关系，他说："譬如有一个人，住着一间房子，硬被别人占去了，和他讲理不听，和他打架，反被他打出大门，摔到街心，身负重伤，动弹不得，暂时躺在街心，这自然是倒霉极了，但这个人并没有承认将这房子让与他，尤其将房产契据交给他。"对于中国请国联主持公道，日本舆论横加诬蔑，则解答之："日本以为中国还是沿用以夷制夷的老法子，这是绝大的误会，中国如果无端挑拨各国，加危害于日本，自然是中国不对，然事实并不如此，乃日本加害于中国，例如一个人被危害的时候，不能禁其不呼救。"这两个譬喻，真是恰当极了，我们自然相信汪先生的话，是不错的。只是我不解的，第一，幼时闻一故事，某宅宝匣被盗，主人夫妇焦灼万状，其子笑曰，无关紧要，钥匙尚在家也。一时传为笑话，不知此故事何以可笑？第二，某乡妇途遇疯犬，被其嚼伤，乡妇哭丧着脸，质问疯犬，我未尝惹你，你为何嚼我。路人闻之群谓其愚，不知其愚何在？

近来南京因为重划党区，区分部区党部执监委员均全改选，同时六月十日是原定为全国临时代表大会现改为第五次全国代表大会选举代表之期，于是南京的党务，骤然紧张起来，而旅馆业及菜馆业，亦因此而生意兴隆，所以有人说，若果常常选举，亦为推进党务及繁荣市面之一法。

吴稚晖在中央大学讲演，大意说六十岁以上的老头子，应该枪毙，因为中日之战时，汪蒋两先生，均不到十岁云。关于亡国之责任，一向是你诿我推，吴先生总算是朴直可喜，不愧自命刘姥姥。不过吴先生还是不彻底，六十岁的界限也太广，恐怕未见得个个肯愿意枪毙罢。还有一层，吴先生也未能深谋远虑，国府主席的标准，不是要年高德劭吗？若果六十岁以上的人都枪毙了，有谁来作主席？纵谓不得已而思其次，然而六十以下的，大都血气方刚，你不怕他们因争主席而打架吗？

　　南京对于自来水事件，近来越闹越离奇，有以井水冒充自来水者；有于自来水中搀杂秽水者；更有偏僻之地，人民因震于自来水之名，而怪水之不肯自来，乃于夜深人静之时，破坏龙头，窃取自来水者。虽经市政当局，恩威并施，然仍无效！近闻市政当局，颇觉以此为难，拟组织挑水伕，挨门排户，实行送水，但是大多数老百姓不表同意，因为送价较买价尤昂啊！有某卫生家因此大发脾气，说南京人不要命，不讲卫生。

　　三中全会，有某某委员等提议澄清吏治及切实惩戒贪污两案，经交国府转令立法院拟具意见，立法院提交大会，有某某等主张制定惩戒贪污之特种法规，又有某某等反对，谓此非法律制定与否之问题，乃是事实上法律能否执行问题，果能切实执行，则现时刑法、民法业已具备，至官吏及党员犯罪，较常人罪加一等，亦经明文规定，更不虞有偏颇不足之憾。双方言时，均隐隐约约涉及实际问题，俨若此中有人，呼之欲出之概。争论许久，卒以不另制定特种法规者胜。予闻之，亦觉不特别制定为佳，并为之高唱韩凭《乌鹊歌》曰：

　　　　南山有鸟，北山张罗，乌自高飞，罗当奈何？

　　　　　　　　　　　　　　　　　二二，七，一。

五

　　南京一般人民，近来惴惴不安者，一为天上的太阳，一为长江的大水。他们不知甚么叫做水位，更无钱购置寒暑之表，只凭着感觉及视察，作测量的标准。你只要到下关江边及太平桥附近，便听见一种惨痛的呼声："天，再涨，水就要上岸了！"你若坐上黄包车，便闻着一种凄恻而紧急的喘息声："唉，今天交关热！"他们似乎知道的，仅是"命苦"，不敢怨天，更不敢尤人，唯一的希望，即是天公做美！至于水位曾一度涨至五三点七公尺以上，较之二十年最高水位，仅差一公尺；室内热度达九十八度，室外在百度以外；你若和他们谈起，他们听也不愿听，俨然这是吃饱饭无事做的玩意儿。

南京地势低下，长江水位稍高，辄有倒灌秦淮河之可能，近来，南京工务局为求安全起见，特将通江之闸，加以关闭。可是这样一来，稍有微雨，于是沟浍皆盈，而其涸也，又不如孟老先生所云，"可立而待"。

赵师秀诗云，"黄梅时节家家雨，青草池塘处处蛙"，既然沟浍皆盈，蛙便应运而生。只是我所不解的，据近日的经验，似乎南京的蛙，比别处为多，岂蛙亦知南京为中国之首都乎？陆游对蛙，印象太坏，他说，"无赖群蛙绕舍鸣"，可是就我观察，觉着适得其反，蛙竟是一个"现代化"的典型人物。（以蛙许人，重视之也。）蛙为两栖动物，活动范围，遍及水陆，虽不能腾云驾雾，微有遗憾，但已觉得茫茫大地，无所往而不适了！且蛙知机待时，常秋冬春各季，立即潜伏，一至夏季，便尔来踪去迹，随处可见！又蛙更能"把握着时代"，青草池塘，固是佳居；潢污行潦，亦可寄迹；但求一枝有托。不妨大放厥词，虽鸣声过多，如陆游之辈，骂其"无聊"。然而其为蛙者，绝不以此灰心，愈鸣愈繁，愈鸣愈高，使闻者不能不听，积久而渐相安,所谓最后胜利,终属于我,蛙亦可以自豪欤！至蛙开发殖民地之精神,亦足使人敬服,不管赤日当空,抑或大雨倾盆,长途跋涉,无远弗届,甫有聚渚,立成蛙居。且一有凭借,立即大事繁殖,不仅为其自身计,并为其子孙万代计,民族性之伟大,于动物界中为巨擘焉。蛙对同类绝不相残,得一地盘,绝不自私,试观一塘之微,居蛙动逾数十,且攀亲及戚,源源而来,黎元洪所谓有饭大家吃者,不徒于蛙类见之。再蛙对于议事,力守民主精神,一蛙动议,群蛙"阁""阁",绝无会而不议之憾。蛙有美德如此,而世人不谅,反从而加以责骂,我殊为蛙叫屈！然而世人虽厌蛙,但终于为蛙声所屈伏,蛙非现代化之典型人物而何？若起太史公而对蛙加以赞美,必曰,蛙亦人杰也哉！

京中各机关,自减成发薪以来,各公务员时兴浩叹,看戏由特等减为优等,打牌由廿元减为十元,以致头等戏院,迫而减价,麻将运动,时感"才难"。昨日某机关职员,闻本月份薪水,可望加发二成,喜极之余,特仿等因奉此歌,吟诗一首,云:

> 照得本月薪俸,据称加发二成,
>
> 事关同人幸福,着呼万岁三声！

航空救国奖券,自发行以来,风行全国,京中人民购买,尤为踊跃异常,据确实调查,系因前次鄂豫皖三省救济奖券第二奖,为中央组织委员会职员所得,一般公务员受此暗示,旋纷纷组织团体,征集同志,合力购买。又以购买十张,加送一张之故,于是团体人数,旋为十或十之倍数,其最大者,甚且多至五六百人,可谓洋洋乎大观矣。至其办法,由发起人征集同志,汇收股款,购买奖券,妥为保管,所有同志名单及奖券号数,则由发起人以油印或石印印就,分发各同志,以征信实! 其规模宏大者,甚且厘定章程,相互共守。组织完密,办事周到,所谓办事科学化者,其此之谓欤。开奖日期定于七月三十日,现因为期甚近,一般人咸存中头彩之希望,各处谈话亦几以此为资料,当此天气炎热之际,得此为精神上之自慰,是亦消夏之一法也! 预料本刊廿二期出版时,已有若干新兴富户对飞机表示敬意者矣!

二二,八,一。

六

溽暑困人,正以为憾! 乃七月二十以来,天公做美,薰风时雨,不时下降,方幸可以优哉游哉,聊以卒岁。不意连日读报,知庐山正有重要会议,而上海小报,更日肆晓舌,谓某部将易人,某省将改组,头头是道,一若亲身参预者然! 我遵《论语》古训,欲做一思不出位之君子,乃友朋之急进派,公然以"迂"目我。且某友以大义责我曰:"子奚不为政?"我不获已,爰仿孔家腔答之曰:"古诗不云乎,不识庐山真面目,是亦为政,奚其为为政!"

法占粤海九小岛事件,要算《塘沽协定》后最值得注意的外交事件了。可是九小岛在那里? 有的说是西沙群岛,有的说,不,是珊瑚群岛,可是究竟是"珊瑚"或者是"沙"? 据说,外交部参谋本部海军部西南政务委员等尚在缜密调查中,在未明了确情以前,"暂时不急予表示态度云"。唉,我一向都恍惚，到现时才真感觉着我国土地之大，大得连版图领土都不容易知道！至于法国为甚么敢占领这九小岛，申报记者，曾代揣测其意，曰："中国可以放弃蕴藏丰富之东三省，宁独不能割爱一蕞尔荒凉之岛屿？可以断送三百余万方里之广漠，宁独不能拱让一平方英里之块土？可以置二千四百余万人口于不顾，宁独能保护此栖流荒岛之少数渔民？"假设这揣测不错，倒要当心其他之趁火打劫？否则，以后……

张溥泉先生在中央党部报告，有云："东北四省，已被日攫去。河北亦已入日本半奴隶的状态，但即此半奴隶之状态，亦系华北当局叩头作揖得来。余为此语，非批评外交，乃申叙事实，良以情势所迫，不得不如此耳。"我觉得这是"真话"，值得作"义务的宣传"。又记得北平各团体，曾为收编李际春事，通电有云："如李际春可以收编，则郝鹏可以释放，胡立夫亦当含冤地下。"本来胡立夫临死时曾大声呼冤过的，李郝二君事，总算"应"过了。我觉得这也是"真话"，也值得作"义务的宣传"。以前，我们总感觉着说"真话"的太少，有此二事，不能不说是政治的进步！我这也是"真话"，请无误会。

监察院监察委员刘三，弹劾江苏民政厅长赵启騄，关于卖官鬻缺事件，以"买者既不敢声张，卖者更不肯泄露，以故得据极难"，故于正文后面，并附其意见曰："年来政治日见萎败，而黩货心情，愈演愈工，若必刺得契约以为凭，则永世无发覆之日矣。"有人以为这几句文章着实不错！据监察院消息，此案系根据人民控告，证据正在侦查中。大公报曾着社论主张彻查，说这不仅是苏省一方人士的期望而已。我们拭目以观其后吧。

戴季陶先生，鉴于中日战事发生以来，将士人民，死伤不少，不禁悲从中来，特发起"普利法会"，以谋追悼超度。业已分启全国各地佛学会、佛教会，劝令各地佛学弟子，诵经讽忏。本来，戴先生做事是有始有终的，九一八事变发生不久，戴先生曾师日本人对付成吉斯汗的故智，发起仁王护国法会，大做其金光明道场。现在对日事件，总算告一段落，自然应有此新的主张，以作结束。本人身逢盛世，得睹先后两大法会，本想作几句赞美词，可是惭愧得很，本人对于佛学，是一个门外汉，本人常听到僧侣及斋婆们说，神仙中本事极大的，是如来佛和观世音，不知这次普利法会，是念的救苦救难观世音菩萨吗？抑或是南无阿弥陀佛？

报载，外国和尚先后两批来沪，闻将来本京宝华山出家。乖乖龙的冬，我虽非佛教徒，听了也自欢喜！第一，证明"佛"的重心，已由印度移入我中国，尤其是南京的宝华山。第二，佛法无边的佛爷，公然呵护我国，这实兴国之征！第三，向来只有中国人到外国读书，现在也有外国人到中国留学，真是一种光荣！第四，唐三藏及其高徒孙悟空、猪悟能、沙悟净诸位，必定含笑天上，说："也不枉我们师徒当年辛苦一场！……"漪欤盛哉！

二二，八，十六。

七

近来，南京常演着喜剧和悲剧。

汪院长两赴庐山,多伦城再度失陷,虽也是喜剧和悲剧,然而事既关乎全国,性复涉及政治,稍越"京话"范围,不必说。我现在所要说的,喜剧方面,是国府内院,谭墓阶前莲花兢并蒂;悲剧方面,是中山陵内,新街口旁,哭声频相传。

本月七日,京中各报载,国府内院林主席办公厅前,植荷两盆,往岁均开单朵,今年忽奇花大放,左盆生并蒂莲两对,右盆生并蒂莲三对,娉婷多姿,娇艳欲滴,衬以绿色之荷叶,如玉妃之映翠盖,林主席时加赏鉴,认为祥瑞,并留影以作纪念云。我当时觉着:看并蒂莲,这倒是个狠好机会,可是继而一想:我非要人或次要人,如何进得国府大门?后来又见报载,谭院长墓前,所植荷花,亦复莲开并蒂,而且甚有一蒂三花者,可是花开不久,概行凋谢,因不结实,故只剩一光杆云。谭墓,什么人都可往游,但记者既不早说,致令我又失一赏花机会。

对于莲开并蒂,如林主席认为祥瑞者,固不乏其人,但亦有持反对论调者,其理由以谭墓系属阴宅,乃亦有此,纵不视为妖孽,于事亦属平常。且有好事者,穷究花种之由来,据云,中山陵园旁周家花园有此种子,无论何人种植,植之何地,均可使莲开并蒂,并不足奇云。我以为好事者太"缺德",反对者,亦扫兴,他人视为祥瑞,视作祥瑞可也。且老主席治国之余,寄情花木,何幸有此精神之寄托,乃复为之揭穿,无乃不仁!又有以此种祥瑞,如果属实,亦仅偏于婚事,而与其他无关者。此说近于中立派,不否认其为祥瑞,亦不承认此祥瑞与国计民生有何关系,比不上尧庭蓂荚。婚事与年高德劭之主席是无关的，至于谭院长呢，生前已不作续弦之梦，死而有知，亦不致顿改初衷，忽然风流起来。于此有位很革命的同志，为我言曰，这是象征革命之花，三花生于一蒂上者，表示三民主义也，并蒂之花五对者，表示五权宪法也。现时宪法在制定中，故开此花，以示庆祝。我闻言而大悟，且了解吴经熊、张知本两位宪法起草委员会副委员长必须各拟一份宪法草案之理由，原来因为并蒂之故；而陈长蘅氏最近在《时代公论》发表的"再来一部宪法草案"，或是想如谭墓前之三花一蒂吧！我敬祝三花鲜艳，不要只剩光杆，更不要如《红楼梦》所云，变了花妖，骇坏了大观园的哥儿姐儿们。

中山陵园，近忽有豺狼为患，上月，乡中某姓小孩，竟为所噬。现陵园警卫处，招集猎户，实行扑灭，曾以羔羊两头，系于四方城下，意欲诱而杀之。据土人云，该地本有豺狼，自设置陵园后，禁止猎狩，故日趋于繁殖云。本来，中山门外现已成为南京唯一名胜，自不容于豺狼当道。且显者随时往来，脱有不幸，亦且关系党国安危，扑灭之，理也，亦势也。不过，就豺狼言，彼以为托庇于中山陵园，生于斯、食于斯、长于斯，子子孙孙，可无忧矣，不料偶动贪念，依势凌人，竟至亡命无所，豺狼有知，当亦后悔。或谓豺狼之遭扑灭，要亦祸由自取，夫中山陵园之环境，既日近于美化，而复禁令猎狩，更觉有所保障，彼豺狼应如何小心惕厉，严守秩序，爱护其所恃以为幸存之生命线，而乃不知检点，狐假虎威，欺侮游人，其遭扑灭，抑又何惜！再中山陵园，每日游客无虑数百，工作者无虑数十，乃豺狼竟不敢撄其锋，仅至噬食一乡村小儿，欺善怕恶，尤为可鄙！但据土人所说，则豺狼之存在，已远在数年以前，于此更令人感慨万分。鸟兽之不可同群，孔老夫子，亦曾痛论及之，管理陵园者，胡不早加扑灭，致令养痈贻患！现时既已决心扑灭，率性一不做二不休，不仅狼子狼孙，一律铲除，即凡类似豺狼野性难驯之动物，亦宜悉举而歼灭之。

　　至于新街口事件，系庞姓新造市房，因营造商偷工减料，监督疏忽，突遭坍倒，压死工人四名，邻近小孩一名，伤十五人，此为首都空前惨剧，故发生后，遐迩震惊，围而观者数万人，各报亦竞相记载，不厌求详。死，本来是惨痛的事，虽有顺逆之不同，然其状况之不幽默则一。闻压死四人中，有一人仅掘出一条腿，人身则不见，回忆某君所著《一条腿》小说，不觉趣味迥异！南京自建都以来，旧宦新贵，竞相投资，或凭借灵通之政治消息，或凭借优越之政治势力，广置地产，多多益善，甚至有一人而购地至二三百亩者！以致地价日涨，新街口广场附近，奠都前每亩不过百余元，前岁即涨至三万余元，然而，其次焉者，欲求尺土寸地而不可得。至于私人建筑物，自住者力求结实，牟利者一味"马狐"，此又为一般铁的定律。赁人屋者，既出重价，而且受气，"找房子比找官做还难"，已为南京最普通之流言，我常与友人言，做南京人，或在南京做人，真是一件最不容易的事。庞姓新屋之坍台，不过其最著者耳，类乎此者之隐患，恐随时随地，均潜伏着。闻市政当局现正追究承包人杨茂记，决吊销其营业执照，又闻市民以工务局主管签发建筑执照之某科长，毫无工程智识，决请撤换，我认为都对，然而又认为都不对。还是戴季陶先生有先见之明,将总理遗教藏之塔中,要谈"平均地权"吗？请待千百年后,第二雷峰塔之坍毁。

二二,九,一。

八

入秋以来,京中天气,仍复大热,每日中午,寒暑表仍常在九十度左右。一般科学化的机关,遵守九十度以上停止办公之原则,下午照常放假。人们因为夏天受暑气的熏蒸,蚊虫之骚扰,满以为到了此时,将所欠的睡债,全部还清,不料温和的秋风,隐含着轻微的冷气,偶一贪凉,疾病以生,我便是罹此"秋难"的一个。报载中央医院卫生事务所,在八月杪一星期中,诊治此种病症,达万余人。其实若统计南京全数病人,为数当在四五万左右,因为就以我而论,即是不住任何医院而在家调治者。

最讨厌的,痢疾与他病不同,肚里常常想泻。坐马子看《论语》,任平时是最舒服不过的事情,到此刻亦感觉烦恼了。马子虽非高官厚禄,然而到了要泻的时间,总觉非他不行。所抱歉的,是马子未在旁边时,急想寻马子。到坐上马子以后,有时尚能畅所欲泻,有时真如俗话所说,连半个屁也放不出来。然而旁人见了坐上马子总以为或在泻矣,抑谁知尚有隐痛存焉。

监察委员高友唐,以某案提出后,某省委员辞职,以相要挟,认为"颇有以枪杆压迫监院之势",主张监委总辞职,以申法纪。又有人劝其少发表谈话,高云:"我有我的说话自由,不能因我是监委,而不准我说话。且禁监委说话,亦无明文规定。"时人誉之为快人快语。或谓高先生姓氏虽高,世故欠深,孔二先生之为圣,在乎知"时",高先生何不默尔而息,若心感觉不安,竟可弹劾几个小小县长,"既英雄,又稳当!"这必然是高先生末读《论语》之过。我则以为不然,孔二先生亦尝作《春秋》,使乱臣贼子惧,则孔圣之"时",亦不能尽作滑头解释,高先生或是善读古版《论语》,而未曾读现代《论语》之过,假使他读过现代《论语》,必定使他的弹劾案,更来得幽默些。

某君有古画一幅,相传为周颠仙所绘,索价巨万,近更遍求名家题辞,以重其价。于右任先生题云:

> 神仙涂抹无真假,史传传闻费考虑,
>
> 绝世英雄明太祖,庐山勒石更荒唐!

昔宋太祖既定天下,为收拾人心起见,推崇陈希夷为仙为佛,以示其立国也,隐有上天相劝。明太祖师其故智,以周颠仙方陈希夷,更于庐山勒石,以欺世人。实则周颠仙有无其人,尚不可知,纵或有之,然而是否能画,亦属一大问题。于氏受人请托,未便拒绝,但又不便赞美其画,乃从而否认其人其事,亦足见其诗意之幽默矣。世之借光文人学士,以自诩其能画者,读此诗后,其亦有感于中?

八月二十八日,汪精卫先生在行政院纪念周,报告外交方针问题,指摘数人对外交的误解云:"我曾听见人说,我们练好三千架飞机,定能报仇,这真是废话。"又云:"如今有些人说什么亲甲派,又有些人说亲乙派,其为废话,较前尤甚。"汪先生叙述这般废话后,特为申述云:"须知我们目前所处的地位,如大病临危,除了对症下药之外,一切饮食,只能清淡,若骤然滋补,不但无益病体,反致促其死亡。"有人说,汪先生这段申述,似亦近于废话,其然岂其然欤? 我于此谨作介绍,未敢批评,盖冀免于废话之讥也耳。

报载短跑名家孙桂云女士,投考燕京、清华两大学,均不幸而落第,以金陵女子大学空气新鲜,决南下入金陵女大,闻学校当局表示欢迎,允准免试入学云。免试入学,一般人颇多訾议,以为开一恶例。我则以为不然,试将南京空气,加以分析,几为"吹"与"拍"的成分所充斥,故三缺一者,跑也。若得孙女士来京,告以如何跑、怎样跑的种种方法,使人领受其心得,则将来遇有紧急事件发生,或者荷包充满时,便可玩一套三十六着之上着,托庇租界,或优游海外,纵案情败露,亦不致于吃亏,是跑之功用,不仅意义伟大,而且在今日之南京几为运时良药,金女大此举,真可谓功不在禹下。

第二次航空公路建设奖券,又开始发行了,闻购买者之踊跃,较第一次尤有过之,且因每号分为十条,故凡有大洋乙元者,亦可一试其运,可谓普及而公允者矣! 我因鉴于前次购买者期待中头奖之热烈,及不忍见开奖后失意之痛苦,主张开奖日期,延长一百多年。这样一来,买奖券者,可以终身度日于快慰的希望中,即使不中,区区乙元之值,也早已取回来了。

二二,九,十六。

九

天气为点缀着秋的景象,似乎不能不将寒暑表温度降低，早和晚，常常起一阵微微的风，三日或五日，又常常下一点毛毛的雨，山川已现苍老之色，草木亦呈萧条之象。人们的情绪，满拟随气候而转移，谁知经委会扩大组织呀，苏省府即将改组呀，闹得满城风雨。你想，南京既是政治中心，一般住居政治城中的政治人物，又焉能避去这些政治的风和雨，于是乎热闹起来。你假如以人事去测天时，你必认为这是初夏，而非中秋！

说到政海的浮沉，使我又联想起吴稚晖的妙语了。九月初，宋子文氏返国，党国群彦，聚于庐山，会商国是，吴稚晖亦前往。虽吴氏一再声明，其去庐山也，为与静江先生作伴，其留庐山也，为陪石曾先生游玩，但当其去来也，记者不能不问，问又不能不答，于是"久违雅教"的吴氏谈话，又散见于各报。其答"政府大改组"之问，则曰："我以为政府有如土地庙，庙内的土地菩萨，似不宜常常搬动，搅得人心不安，还是多一事不如省一事的好。"这话是超脱极了，但是吴老先生或者未深察土地菩萨的苦衷！尝闻旧都来人言，雍和宫有一关帝庙，前门外亦有一关帝庙，当初计议建此两庙时，一般人咸以雍和宫内者，必较前门外者为佳，抑谁知后来香火之盛，却适得其反。幸而庙虽两地，主人则一，香火虽有盛衰，然而调盈剂虚，挹此注彼，以关云长之英武，当不致没有办法。但使云长有灵，目睹同一之身，而待遇判若霄坏，亦必以人心势利为憾。吴老先生不知曾闻此故事否？如果闻之，请问以关云长之一小小兼职问题，尚不易解决如此！则天下如许不同之土地庙，如许不同之土地菩萨，如何能禁止他不搬动？如何能禁止他不搅乱人心？进一步说，如果不搬来搬去，何以能成其为庙宇政治！搬来搬去，在搬者固觉着有事可为，即被搬者，亦觉着另有希望！只是拭目一看，滔滔者，天下皆土地菩萨也！安得广厦千万开，大庇土地——包括土地公公婆婆而言——尽欢颜！

经亨颐氏，近在中央纪念周讲演"精诚团结"，颇多耐人寻味之语，如曰："现在党国情形，仍是十分严重而且沉闷，咸相戒无多言，噤若寒蝉，不好随便有什么表示，但我以为不至引起纠纷范围以内，彼此交换意见，是于党国前途有益的。"又曰："孟子主性善，荀子主性恶，现在如此残杀，莫非荀子之说为然欤？"又曰："近年来种种乱事，好像有周期的，一如前几天飓风过境，入秋以后，每年如此。"又曰："连夜虫声唧唧，以蟋蟀置盆内，引以细草，张牙狠斗，原来好斗是动物的本性，人也是动物之一，难道不斗不成其为动物吗？"又曰："精诚团结，就是一句伦理的法则，不比得水蒸气自然凝集而为雨，用不着提倡团结，至于人类本是不易团结的，所以要有这一句伦理的法则来促进。"又曰："团结有两种方式，一是彼此相互牺牲而团结，一是我绝对不牺牲，要他人完全牺牲而与我团结。"最后谈及政权公开问题，则曰："政权公开这句话，我觉得很费解，决不能彻底的，如果要彻底政权公开，可断言必须在军权公开之后。"综观经氏所言，不仅其言足以兴，抑且其默足以容，经氏岂亦论语派中人欤？我因感觉要人们不肯说真话，故凡有真话，必为尽情介绍，然非喜作文抄公也。

五次全国代表大会日期，目经陈济棠、李宗仁、蔡廷锴等电请蒋、汪延期后，顿成为一问题，现已由中央常会加以讨论，本周当可决定，记者拟此稿时，尚不知将来情形如何，但记者敢为预测，必致展期无疑。盖一则可以塞陈等之口，二则本届中委的寿命，可以藉此延长，又何苦而不赞成，这真是一举两得之事。只是苦煞了一般准备竞选中委者，所以我相信这般人必痛恨陈等无疑。但是，大会吗？吴稚晖说，"实在说来，开大会并没有大不了之事"。即胡汉民氏对于大会日期，由其谈话中看来，——见各报载——亦不十分重视，那末，又何必斤斤计较，伤了和气。我想，还是大家早日聚会聚会罢！

郑毓秀博士侵占公款案，由上海地方法院移交江宁地方法院办理，惟因行踪不明，屡传不到，该院不得已，改用公示送达，然仍鸿飞冥冥。据中央社十五日电讯，谓郑博士寒日乘意大利邮船赴罗马，行前曾在石塘大受亲友饯别云。阔哉郑博士，但是苦了地方法院，因为传票不能出洋啊！记得英谚有云，到了罗马，便学罗马人的做法。罗马人亦有犯侵占案者否？如有，是怎样的逃避法？是否仅到他国了事？如有可以重返故国的妙诀，希望郑博士学学。几年后大约仍可回国的。

南京中央医院，是政府创办的，胡文虎君曾捐巨款数十万，建造大厦，一般人以南京医药，素不完全，故对于中央医院之成立，金认为疾病者之福音，不料创办以来，医师护士，习于傲慢，漠视人命，对于病人，轻视侮辱，甚且有拳打病人之事，社会舆论，率表不满，南京市党部乃呈请中央彻底改组，一时人心称快！乃该院对之，仍不注意。据《新中国报》载，九月十六日有一贫苦病人，无钱住院，自来讨药，病急，辗转呻吟于地,无人过问,隔夜竟乃毙命云。又各报载该院助产学校女生高凌云自杀,延请该院医生五人诊治,竟不知其服何毒药,以致无法救治而死。重富轻贫,官吏常态也,无才而骄,亦官吏常态也,今该院兼而有之,确乎不愧为政府医院也,院中医生,我以为应一律授予官职,庶几名实相副,小百姓不致误入以终。

二二,十,一。

十

中秋到了,似乎因月儿的感应,人们的行为渐趋于统一与光明之途。

真的吗? 谁说不真!

最使人欢欣鼓舞的,党国要人们已经精诚团结了! "精诚团结"一语起源何时,恕我无暇作考据工夫,就我的直觉揣想,大约自有国民党以来,就有这一句话罢! 然而党是一天一天的发展,"精诚团结"确未能随党以俱进,只害得重情感的朋友们,暗暗流泪,直至上月,经亨颐先生尚大讲其精诚团结之词。可惜经先生的演说,稍为讲早了一刻,若到中秋来说,岂不是上应天时,下洽人事吗? 有人说,科学家讨论事理,最切要的是拿出证据来,你说了这许多,试问精诚团结的证据在那里? 我敬谨答曰,在纸上,在京沪一带的报纸上,不信,请看林焕廷先生追悼会启事,发起人为林森、蒋中正、胡汉民、汪精卫、孙科等,朋友,我虽未能将发起人一一题名,但是,若问精诚与团结,可从等字作文章。——好一个"等"字,若用外国文字写起来，第一个字母，一定是大写，我想。

其次，近来各省之对于中央，虽不若众星之拱北辰，但闻均已改易初衷，敬礼有加了。

闻某要人云："自麦棉借款成立以来，其始虽有持异议者，然一经解释，莫不加以谅解，惟近接各省请求分配此款者，函电交驰，络绎不绝，观其措辞，则异常客气，稽其用途，又十分正大，只是借款不过二万万，而要求者已达十万万，奈何！所幸前此各要人集议庐山，决定一重要原则，即此款绝不分散"云云。我闻之大不谓然，夫各省而能无憾于中央，已觉难能可贵矣，今乃从而敬礼之，为中央者，应如何从而奖励之，以若所为，求若所欲，岂不水乳交融，实行其"安内"之一要义乎？乃不此之图，以款不分散为幸，而抹煞他人之客气，我窃恐他人不客气时，则所谓幸者将一变而为不幸。故欲幸中央之幸，而客气其他人之客气，我主张再借棉麦十万万元，应此急需。

以上是人事的统一，可谓圆满极了，至于天呢？不用过虑，"花好月圆人寿"，他没有不圆的，尤其是中秋。

南京自奠都以来，建设事业，突飞猛进，各机关为表示其建设能力起见，首将各机关官署或官邸，建造一新。故欲考查南京建设成绩，只须参观各官署或官邸，即可得其大概也。查南京官署之建筑成功者，计有铁道部、交通部、司法院、司法行政部、最高法院等，正在建筑中者，计有外交部等，正在改造门面者，计有行政院、教育部等，美轮美奂，足增各主管官之尊严，所以，我对于各机关建筑官邸，虽然我与建筑公司或各机关之主管长官无关，然而总是喜欢与人为善，表示赞成。日昨有一位似乎星相家而兼统计家者云："我不解为什么各机关长官喜欢建筑或翻造官署，且就过去的经验言，类多前人栽树，后人乘凉，如铁道部、交通部、外交部等是。据我看，大约南京的官儿，犯了土星或木星的关系罢，所以大兴土木，官运以卒啊！"医卜星相，据说，刘纪文任市长时代，曾经主张取缔的，那末，其言不足齿数。但是，就假使星相家此言而对，我亦仍本与人为善之怀，表示赞成，因足以增进各主管官之尊严啊！又闻各主管官云："建筑或改造官署，非仅为己，实系使'市容'光明啊。"此言亦对，我亦赞成。

报载，下关惠民河船中，私售鸦片者，达三十余只；又南京市党部某委员，在第一区代表大会报告，第一区私售鸦片者，闻警厅调查，有七百多户。南京有六十八万人口，约二十万户藉，区区烟户，自然用不着顾虑的，何况设有禁烟委员会，而警厅对于烟禁，又异常的森严呢！光明在前，自不愁市民会堕入黑暗途中的！

以上是人事的光明，亦可谓圆满极了，至于天呢，"月到中秋分外明"，更用不着顾虑的。

或曰，汝上所云，固足以上应天时，下洽人事，其如所陈事实，不甚真实何？余曰，不然，古人有云，久"假"而不归，安知其非我有也！但能做到如此如此，不真实又何妨，苛求何为！朋友，中秋佳节，你过得快乐吗？

二二，十，十六。

十一

重九日，友人赠我菊花多盆，蓓蕾初放，秋色缤纷，惜无白衣人送酒，不无美中不足之憾！虽然，以近日世事而论，美中不足者，又岂少也哉，以大喻小，予又何憾。

迩来政局之感觉震撼不安者，厥为宋子文氏之辞职。当此问题未解决以前，京沪道上，徒传宋氏之消极，而宋氏之为何消极，则又言人人殊，或曰，与外交问题有关，或曰，与财政问题有关，又有自负消息灵通者，则曰，与军事当局有关。而其影响所及，远之为沪上公债价值之低落，近之为财政部办理移交之紧张！予幸而未曾服务财部，更幸而未做公债生意，爰遵孔二先生不在其位不谋其事之旨，为之镇静而缄默者弥月。兹宋氏之辞职，业经中央政治会议，及中央常务会议议决照准，并任令孔祥熙氏继任矣。惟就宋氏言，前次出使欧美，载誉归来，既借棉麦五千万美金，且发行公债一万万，在常人观之，风头既然十足，财政不虞亏蹶，似亦可以无憾矣，然读其辞呈，一则曰，"艰难维持，心力交瘁"；再则曰，"在此盘根错节之会，益觉才绌力薄"。则其弦外之音，仍有美中不足之憾，以宋氏而且如此，其他又复何言！

禁烟委员会前请国府转向中央政治会议提议追加二十二年度经常费每月三千三百元一案，现经中政会三七九次会议否决。其否决理由，为主计处初审时，认为值此厉行紧缩之际，应共体时艰，撙节支配，中政会更以禁烟委员会目下事务并不甚繁，预算所定经费每月八千元，既系根据会查实况拟列，自无率请追加之理。观其否决语气，似有大不谓然者，故某报标题，谓"禁烟会不识时务"。予素同情弱者，不禁为之叹曰，呜呼，禁烟会岂真不识时务也哉！夫烟——非纸烟也——为国之大禁，设专会以主持其事，以示政府之决心也，会有委员长委员及职员等，亦国家之官吏也。有机关自然有官吏，有官吏自然有事务，此又一般的普通原则也，且自有特税处或特货等名词以来，而禁烟会之事务始不甚繁，禁烟会非欲自减其职务也，禁烟会所认为之"禁"，适为其他机关所认为之"益"，禁烟会"心照不宣"，亦可谓能见其大者也，乃禁烟会别具苦心，呈请增加区区三千余元经费，照理，中政会亦当"心照不宣"为之通过，以博重视烟禁之美名，不意出人意料竟不核准，"好人难做"，自古已然，不知禁烟会接到训令时，亦有美中不足之感欤？

十月二十六日，下午六时，白下路南洋兄弟烟草公司被劫，警察前往捕盗，时有主计处职员四人，赴府东街友人喜宴，道经该处，竟被误拘，幸真盗被获，得以证实非是，乃由主计长陈其采君保释外出。惟国府职员，群情不平，现正呈请林主席迅速彻究，恢复名誉，并撤办出事地点公安分局长云。此幕捕盗趣剧，尚不知将来如何演变，惟以警察捕盗，缺乏常识，一至于此，殊属可怪！但就事而言，明明政府官吏（职员四人均佩有证章），硬指其为盗匪，似觉幽默万分，岂此警察亦系卖柑者滑稽之流欤？惟此事似亦有可以原谅者，报载当时抢匪共五人，均胸挂证章，除捕获李开新一人外，余均漏网，主计处四位职员适于此时经过，胸中亦挂有证章，无怪发生误会。特四君当日欢欣鼓舞，共赴喜宴，满拟大闹新房，殊不料郎珰入狱，一尝绳索滋味也，天下事美中不足者，大率类此。

陈去病先生死，王艺圃氏吊以联云，

> 在革命党中，是一个干净人物！
>
> 从南社集里，见许多传世文章。

陈君从事革命，凡数十年，在南社中，亦系一位老资格。与陈君同时革命，或且后于陈君而入党之徒，飞黄腾达者已不知若干人。惟陈君则始终凭其旧文学，任考选委员会专门委员以终。且死后确实萧条，尤非吴稚晖之挽陈炯明者可比。虽革命者之言曰，"革命是不计报酬的"，然而介之推之死，千古惜之，亦缘人情有所不忍耳！王氏谓陈君为革命党中一位干净人物，确属的论，惟以干净二字，赞美革命人物，则亦可以发人深思矣。中山先生主张人尽其才，陈君怀才不遇，其亦美中不足也欤？

国术考试，直接拔取真才，间接提倡体育，其用意原未可厚非，然而比试之后，总不免于鼻青脸肿。"程砚秋先生"在国民大戏院演戏，扬言为戏曲学院筹款，看者异常踊跃，乃因违反南京市统一募捐办法，竟至迫令停演，凡此种种，无往而非美中不足，独怪一般政治人物，凡事力求完满，其亦不思之甚欤？

> 二二，十一，十六。

十二

春牛首，秋栖霞，是南京人所艳称的名胜。入秋以后，我每拟一游栖霞，乃不料均为病魔所阻。今者，北风怒号，已显示冬的到来,栖霞之游,惟有待诸明年。但不识明年之栖霞,与今年之栖霞,有无异同否也?

"读卷篝灯倦倚楼,夜寒人静不知秋",此高等考试中典试委员长之"秋闱雅唱"也。试政为五权之一,故关防不能不特别严密,各典试委员公余之暇,发为吟咏,原较诸打八圈麻将各有兴趣之不同。不过我们读其"雅唱",如曰,"鸿博七科次第开""公卿半出白衣郎""愿求忠孝状元郎",不禁有回溯科举时代之感。"我的朋友胡适之",反对旧诗,反对用典,似不为无见。虽然,未可以辞害意也,现时"公卿",其有几人出诸"白衣郎"者乎? "鸿博七科次第开",虽未必即得"忠孝状元郎",然而由此使一般有学识者,渐入"仕"途,亦未始非清明政治之一法。但是,考试固然重要,公务员之保障,亦不能忽略,否则"一朝天子一朝臣",仍难保"劣货币不驱逐良货币"也。

近来艺术界最有趣的事件,恐无过于王祺、梁鼎铭等之阻止刘海粟赴德也。中德美术展览会,定于明春在德举行,现我国筹备委员会,将已征得之作品,派刘氏先行携德,王梁等以筹备委员会事前未曾公开征求,恐将来展览,不足以代表中国文化,反而减低国际地位,乃一面大宴记者,一面分赴行政院及教育部请愿,更扬言若刘氏悍然赴德,将向欧洲各国登报否认云云。现刘氏已于十一月十三日行矣,王梁等之做法如何,且拭目以观其后。惟予以为王梁诸人之反对,实觉多事。刘氏非所谓"中国文艺复兴大师""当代画宗""艺术叛徒",甚至所谓"艺术流氓"者乎? 即此头衔,不必谈其人,不必谈其画,已足以代表中国矣。予以为最好以刘氏此等头衔,用以代画,赴德展览,不必公开征求,定能宣扬中国文化,增高国际地位也。

南京市政府为普遍提倡国货意义于民间起见,特于十一月六日至十二日止,举行提倡国货运动周,除贴标语讲演等应有文章外,并于十一日夜间,举行提灯大会,参加者约万余人,是夜沿街参观者,人山人海,途为之塞,十余年未见之龙灯,重于今日见之,可谓盛矣! 自经提倡以后,人民对于国货观念,确实较为深刻,宣传贵通俗,此点大可作今后宣传之参考。标语中发人警惕者甚多,至如"爱用洋货,即是卖国","洋米粒粒都是攻击农人的炮弹",则不独警惕而且幽默。盖爱用洋货,莫大人先生若,大人先生之西装及汽车,非洋货耶? 准此意以言之,则大人先生几无时而不在卖国也。至谓洋米为攻击农人的炮弹,其意若曰,农人不能吃洋米,非农人固亦可吃洋米也。又有某部长某夜讲演于国民大戏院,历数我人所着之衣料,所食之米麦,住屋之木材,道路之车辆,无一而非洋货,言时愤激异常,予旁座某氏冷笑曰,"然则部长的汽车呢"?

二二,十二,一。

十三

日历一天一张的揭去,揭到现在,大家都以为时日无多,可以欢欢喜喜,平平安安,将本年渡过。抑谁知李济深、陈铭枢等,不甘寂寞,在福建制造将来的史料,使得较为安定的南京政府,又复热闹起来,外国人常说我们贵国同胞,对于时间,不甚爱惜,据此看来,此话不能成立。

本来，安内攘外，是立国原则之一。我们贵国，前年有九一八之变，去岁有一·二八之役，今年有长城各口之战，就外而言，似可以尽攘外的能事。惟"内"则自扩大非常以来，冷落久矣，福建之所谓人民政府成立，其亦恐政府不获尽安内之责，而故造此事实欤？

正写至此，忽王君入，郑重而言曰，君子明哲保身，你既以国家不能欢喜平安渡过本年为憾，则个人应有所警惕，胡为而大谈国事也。予为之一怔，且回忆去年此时，《论语》大谈灶神吃磁粑及元宝糖故事，觉王君所言，似有磁粑及元宝糖滋味，马上掉转笔头，"话"及其他。

上周，立法院讨论颁给勋章条例，闻颇多趣谈。缘此案前曾提出该院，经决定缓议，嗣中央政治会议重行交议，谓为"增进外交"起见，不得不然，故该院重付讨论。有甲委员云，此时非论功行赏之时，我主张还是缓议。乙委员云，我们既然讨论，不能不慎重，以免重蹈北洋政府时滥发勋章之弊。丙委员云，我觉着用不了十二万分重视，你可以将他看成小孩子所挂的银牌或金锁一般，不过好玩罢了。丁委员说，第一条"凡中华人民有勋劳于国家或社会者，得由国民政府授与勋章"，所谓勋劳的标准，既不易定，而第四条又说，"特任初授三等，简任初授五等，荐任初授七等，委任初授九等"。似所谓勋劳，纯系代表阶级，不如径订之曰，凡公务员一律授予勋章。闻当丙丁两委员说后，全堂哄然大笑，我则以为丙丁两委员所说，颇具真理。至甲委员所说，我极端反对，谁说此时不是论功行赏时间？攘外安内的事实，触目皆是，攘外安内的人物，触目皆是，不有懋典，曷昭激劝。好在条例业经通过，我已不必再为废辞。

南京励志社，砥励军人学行，联络军人情感之一机关也。社中订有十诫，由蒋中正先生亲书，悬诸壁间，使见者触目兴感，用意不可谓不善。乃该社备有客房数十间，无论社员与非社员，均可赁租。友人某君，平时喜吸香烟，适与该社戒条冲突，顾亦赁租其间，予甚怪之。某君曰，励志社十诫，为不赌博、不饮酒、不说谎、不吸烟、不借钱等等，予虽未能完全履行，然已能实行其三分之二矣。予曰，即此，亦觉难能可贵，请问能实行者，系那几条？ 某君曰，诫条计十，每条三字，共三十字，每条之首，均贯以一"不"字，共有十个"不"字，我将不字概行取消，岂非实行其三分之二乎？ 予曰，君其统计专家乎？

某院某君，从事革命数十年，颇负盛名，惟文字欠佳，往岁为某院长罗致左右。一日该院秘书处，忽接某君手书便条二纸，一则为今夜宴客，请派院中警士，前往维持秩序；一则为请派汽车七八十号前往应用。秘书处某职员阅后，以文字不甚明了，请示于该院秘书长。秘书长，固甚幽默者也，亟往询某君，曰：先生今夜所请之客，其均为暴徒乎？ 先生请客之目的，其为与人决斗乎？ 先生并预防一旦失败，其将乘车逃走乎？ 某君曰，否否，何所见而云然也？ 秘书长曰，先生请客而需警士"维持秩序"，客非暴徒而何？ 先生要七八十号汽车，非大批暴徒决斗，甚且准备逃走而何？ 某君闻之，频频道歉曰，错了错了，系请两名警士前去招呼，并借七十八号汽车

117

用用而已。

南京为政治中心，消息虽多，然而关涉政治，常有不便说、不能说、不忍说之苦衷。读者诸君，无以为我的"话"少，遂谓"No news is good news"也。予于篇首说及送灶事，此时若在阴历，则送灶之期，行又至矣。忆某君有送灶诗一首，其结尾两句云，"玉皇若问人间事，只道文章不值钱"。予说话不少，敢云与世道人心，有所裨益吗？

二二，十二，十六。

十四

今天是民国二十三年元旦，依普通的惯例，似乎应该先说一句"恭贺新禧！"

其次，照一般党八股的文法，应紧接两句名言，"检阅过去的错误，厘定未来的方针"《京话》，过去有无错误，我可不知，但在"不说自己的文章不好"的戒条下，不用检阅，我相信是不错的。至于厘订未来的方针，我本想约集友朋，开个设计会议，但是约法没有在身边，万一弄不清楚，无法保障，那才得不偿失，所以，只好付诸阙如。好在这不是宣传文字，没有援用党八股文法之必要，就是错误不检阅，方针不厘订，也不要紧。

《京话》的错误，虽然不去检阅，但是党及政治工作的错误，有人指摘出来的，何妨顺便谈谈。

福建事件发生，戴季陶先生在中央报告，认为事变的起源，由于党的疲惫。他说："在很久的日子当中，我看到各地人心,似有动摇的情状。从党内看到党外,许多人在那里恍恍惚惚! 对于当前的大道,应该怎样走,没有一个确实的打算,对于过去、现在和未来,没有一个正确的观念和意志。由于这一种恍恍惚惚的心理存在,大乱子的发生,终不能避免的。现在我们看到大乱,已在福建发动了。"又说:"在很久的日子当中,有很多地方,对于纪念周,彷佛有点厌倦的样子,厌倦就是信心低减的征象。信心低减,就是国家最大的危机。"诚然戴先生对闽事的分析,是不错的。但是为什么各地的人心会动摇? 许多人会恍恍惚惚? 党员对纪念周的信心,为甚么会低减? 再进一步说,党及政府为甚么不设法釜底抽薪,弭乱未然,终令大乱发生,无法避免? 这些问题,本来太大了,不易答复,我也不想以这些大问题,穷究于戴先生。但是,就生理学和心理学方面研究,我觉着人心动摇,心里恍恍惚惚,以及信心低减,都是神经衰弱的现象。医治之道,厥为使神经活泼。但就我的经验,最能使神经活泼的方法,无过于读《论语》。戴先生"对于当前大道,应该怎样走",既未告诉我们,那末,我贡献以读《论语》为救济之法,或当蒙戴先生采纳罢。

戴先生怆怀国难,正想从党员的心理建设着手,所以对于党员之厌倦纪念周,认为是国家最大的危机。不料事有凑巧,考试院举行第二届高等考试及格人员授给证书典礼,赞礼者于行礼秩序中,对"静默三分钟"一节,不及数秒,遽赞"默毕",戴先生雷霆大发,除将承办典礼人员记过外,并与钮副院长自行检举,呈请国府,予以记过处分。戴先生用心之苦,真可以撼天地而泣鬼神,我方以为国府必能承认戴先生之苦心,痛快的给予戴先生一个大过。不料国府会议后,颁给指令云,"赞礼失仪人员,既经由院记过示儆,已足以纠正差谬,整肃礼议,所请予以处分之处,应毋庸议"。这未免大题小做,辜负戴先生的至意了。记得第一届高等考试,戴先生也曾因为计分错误,呈请政府予以严厉的处罚,并记得戴先生当日在国府报告计分错误时,说是五权为总理所特创,甫行试验,即有错误,如何对得住总理等语,言时声泪俱下,亦可见戴先生做事认真之一斑。这次戴先生向国府报告"失仪"经过,不知道也曾声泪俱下否。有人说,这或者是考试院的风水不利,然欤? 否欤?

立法院五周纪念,张溥泉先生演说,谓中国现时的政治,是半截政治。甚么是半截政治呢? 他说,中央与省政府,乃是意志机关,县政府以下,方为执行机关,总理云,县为自治单位,其对县之重视可知。乃现时一般觊视位置者,群趋于省与中央,一旦得志,则闭门造车,乱拟方案,不问县的需要若何? 以及县政府能否执行? 一旦失意,不是高呼开放政权,就是设法兴风作浪,这样,当然使政治半身不遂,形成半截政治。张先生所说的理由,姑不具论,惟此半截政治一名词,我觉得很新颖,很切实,很足以耐人寻味! 同时由半截政治,使我联想到埃及金字塔的人首狮身神像,我觉着那神纵是半截人体,但下面总还是个完全的狮身,所以他虽然各样一半,然而一样的受人崇拜。我们的政治怎样呢? 果然是健全的半截政治吗? 不要使那半身不遂的症疾,日益蔓延啊!

前年轰动一时之招商局舞弊案,当时均以为系陈孚木、李国杰二人所为，乃二十二年十二月十日《中央日报》，忽将前年十一月十三日李国杰致交通部长朱家骅书影印，始知其内尚有主动之陈铭枢在。其书云："国杰处此权力压迫之下，不得已于签订契约时，向营业公司商取规银七十万两，当经密告营业大班萨德利，以此款系陈真如、陈孚木所索，如不照付，即不能成立契约，经萨谅解，惟令国杰出具招商局收据。"云云。自然在现时发表这封书信，正是适得其时！不过往年的陈铭枢，也仅仅一个部长而已，为甚么当时就要替他隐瞒？难道部长以上犯罪，就可有受优待的资格？李国杰也是贵族后裔，乃竟不加以矜怜，难道又不怕李鸿章"威灵显圣"？吾人由此一来，可以推想类乎此者，尚不知有若干，是则为李国杰可惜，亦属多事。

以上各事，虽属一言一语，均有根据，不虞有妄论国事之嫌，究之微觉带有三分道学气，现在且以立法院之《竹枝词》一首为殿，想亦阅者所乐读乎？

立法院委员王琪，每开会，喜说话，然因乡音未改，故话虽多，而意不易达也，听者苦之，速记员更无从下笔，有某君善谑，为作《竹枝词》一首云：

开会欣逢王老琪，绵蛮不能尽其辞，

蔡璋欲记无从记，咬断洋铅笔一枝。

注：蔡，某院之速记长也。

二三，一，一。

十五

这大约是新年的过错吧！起先接论语社编辑部来函，询问三十三期的京话，已否付邮，当时我还疑惑是编辑部的一种政治手腕，以为三十三期的京话作得不好，而又不便于明说，特借口没有接到，后来续接来函，证实确是没有接到，我才相信不是"自己的文章不好"！然而那封信到那里去了呢？莫非邮筒也过新年，还没有择吉开张吗？抑或天气冷了，邮政局人员拿去当烧火的材料？果然如此，那是京话之荣，值得赞美的。

说到天气，果真冷起来了！天冷，我不恨他，我恨他的，是他这一冷，确带有些"阶级意识"，这话怎么解释呢？你看，好好的一个社会，确因他这一冷，使得一般穷苦的人们，对着那高楼大厦的火炉烟管，不住的羡慕起来，彷佛多看上几眼，就得到无限的安慰！

童子军募集寒衣，慈善家施舍粮食，虽然为甚么，姑且不去管他，然而贫民确得到相当的实惠。可是有些大人先生们，又要去讨论什么"动机"，而且喜作苛刻之论，说是什么沽名钓誉。但是"电影皇后"胡蝶来了，每天表演两小多时的白话剧，代价八百余元，还有人嫌其太少！两块钱一个坐位，在这种举国经济破产的状况中，总算可观的了，还有人嫌其太低，国府明令新年不得过于铺张，然而对于胡蝶却不妨大捧特捧！中央饭店两次三番请求设立舞场均不允许，可是为欢迎胡蝶却不妨在某某巨厦中舞至深夜！以前北政府官吏捧戏子确目之为腐化，可是一样的捧胡蝶、捧程砚秋，却美其名曰：鉴赏艺术。这是革命的动向转变吧？抑或是文化的进步？不过由这种种事实的反证，我们可以得到一个结论，就是中国不穷！尤其是首都南京不穷！

孔部长为《中央日报》元旦题词，将财政分为革命的财政与建设的财政两种。近来财政部发行民国二十三年关税库券一万万元，其用途为"偿还银行旧欠安定金融"。有许多学者，为研究事理起见，纷纷加以讨论，有的说，这是革命的财政，有的说，这是建设的财政，又有人说"偿还银行旧欠"，是革命的财政，"安定金融"，是建设的财政，故此次库券，并有两种性质。我非学者，亦不敢批评学者，谁是谁非，我实不敢妄赞一辞，只记得商人们过年，最喜欢听的，是"恭喜发财"！现在且借来对我们政府用一用，至于辞之工拙，文之雅俗，则非所计也。

过新年须穿马褂，须穿南京市政府式的马褂，这是我在本刊新年特大号极力主张的。不意消息传来，南京市财政局贺秘书赴地方法院报告小黄洲农民请愿经过，事毕出门，竟被无知者流，将其奉令特制穿着未久一件簇新之马褂撕破，而且时在阳历十二月，离新年已是不久，这真是太煞风景，令人可恨！闻地方法院主张重惩暴徒，我觉着是很对的，不过地方法院所持的理由为"公然在法院门前行凶"，我则颇不谓然。要知礼乐与文化的关系，极为重要，戴季陶先生于《中央日报》新年特刊，已为文详论及之。穿马褂，礼也，穿国货马褂，爱国行为也；毁其马褂，是谓失礼，毁其国货马褂，无异捣乱国家，不责其大，而斤斤于法院前不准行凶，殊欠失当。且也，贺秘书为市政府职员之一，毁贺秘书之马褂，即无异使市政府全体之马褂，为之参差不齐，妨碍观瞻，莫此为甚！罪大恶极，尤无可逭！故严惩暴徒，不成问题，所应特别注意的，是马褂的赔偿问题。倘此问题已于新年前解决，则亦已矣，否则因马褂被撕以致不能过快乐新年的各种损失，我以为也应归诸于暴徒。或者由市政府明令贺君，特准其穿新马褂，补过阴历年，这也是一种宽大的办法。

说到国家前途，一般人总是喟然长叹，觉着伤感的多，可是全无办法吗？也不尽然。即以报仇雪耻而论，可资谈助者，也就不少，就文字言，有明耻教战的文章，就方法言，有念佛却敌的先例，现在听说更将发行触目惊心的国耻邮票，这大约是胎息夫差报仇的微意，使人用到邮票时，就有一番刺激罢。不过望善用之，免蹈标语覆辙，积久而失其用，反害得一般清道夫常常兼任清除墙壁之劳。不过人心如此，倘是能以国耻邮票，坐收救国之功，则我希望还是注重标语政策，大街小巷，多制几幅标语，既新鲜，又光亮！

近来南京市党部与南京市政府为了小黄洲农民请愿，及新订房租标准，双方关系人员，一再在报端发表谈话，针锋相对，我们老百姓读了，彷佛觉得他们彼此伤了和气似的，我想石市长不是中央委员吗？赖秘书长不是南京市党部的监察委员吗？都是自家人，何必太认真？总之，这怪小黄洲农民及南京房客不好，换句话说，就是老百姓不对！你想，去夏江水泛涨，洲头崩溃之地，虽达四百余亩，然失业者不过十六户，一百四十多人，这有什么希罕！照常理说，南京市政府就不用管，你们也不过向河神诉冤而已！乃政府德庇下民，允为另拨八卦洲地，而你们还要选肥择瘦，硬请拨小黄洲尾的芦地，这不动政府的怒吗？何况那些芦地，据说是要护芦保埂的呢？所以，你们来请愿，莫说，"经令饬卫生事务所派员检验"，又"不厌求详会同市党部常委前往检验"，据报并无受伤，纵令果然受伤，亦属咎由自取，夫复何尤！试问不打你们还打谁呢？至于市党部三常委的谈话，虽属证明事实，替老百姓吐一口气，然而因此对市政府予以反证，似亦有失家丑外扬之意，三常委其以我言为婆婆妈妈乎？又反对新订房租标准事，日来房客协会，正在大发宣言，大事请愿，而且其宣言中，有"今者，行政院竟为市政府所蒙蔽，令饬施行，苛政猛虎，不寒而栗，助纣为虐，苦我市民"，等语，各报刊载，我虽佩服政府之不加干涉，给言论以自由，然而鉴于小黄洲农民事，我还是奉劝房客协会诸君当心，因为你们若果闹出乱子来，你们挨打，还是小事，倘因此再使我们的党部同政府失和，岂不罪过。

四中全会定于一月二十日开会，我作此篇京话时，离会期尚有数日，但预计此京话刊出，当已在大会闭幕后，会的情形怎样，我们虽不敢先作预言，但就近日报纸上某某几位要人的谈话，可决定大会的结果，正如他们的谈话一般，一方面要改革中央政制，一方面却反对说，这不是对事，而是对人。

二三，三，一。

十六

《论语》前有出阴历新年特大号之拟议，我身边没有阴阳合历，费了不少工夫，才探听得二月十四，就是阴历新年元旦。照《论语》出版日期，则适本期与读者见面，当在新年初三，《论语》既对于阴历新年，一般重视，似宜再来一套"恭贺年禧"也。

半月来，南京的空气，几为四中全会所充塞，要人们之来踪去迹也，旅馆业、菜馆业之生意兴隆也，新闻记者之辛苦采访新闻也，三四等要人之乘机活跃也，真是形形色色，皆大欢喜！及至敝人属稿之日，尚传某要人之出处问题，某部即将易长之消息，岂真"余音绕梁，三日不绝"欤？

四中全会中，佳闻轶事，颇为不少，某君之颂词，尤为脍炙人口，其词首段云，"全会开幕矣，这一回，红中开杠，欣然有喜！我坐在其中从头望，马褂长袍济济，夹几个西装知己，亮光头，到而今，所余无几"！或问，"红中开杠，作何解释"？某君曰，"此四中也。此颂词一如宣言，可以活用，一中全会，可云红中单钓；二中全会，可云红中成对；三中全会，可云红中成坎。"或问："设有五中全会，将奈何？"某君云："到时另有妙文，或另推他人起草。"

四中全会提案，以中央大学，迁移郊外，最惹人注意。我也仅在报上，见其案由，至于为什么要迁移郊外，或非迁移郊外即不可成为中大之理由，我既未曾拜读，亦不敢妄为谈论。不过，有几位朋友，常来晓舌，似亦觉言之有理，兹特略为介绍如次。甲说，四中全会，使命何等重大，胡为而论此不急之务？乙说，中大迁郊迁城，教育部即可决定，胡为而提出四中全会？丙说，现时中大设置城中，并无害于中大，亦无害于政治,为什么定要玩一回迁地为良? 丁说,中大现时各种建筑,约在数百万元,迁郊外,另起炉灶,在此国库艰难中,试问如何筹措? 且遗下现在校址,又作何用? 其实,四君所云,均系一孔之见,仅就中大而言中大,要知四中全会,其所称为"全"者,恐另含有一种无事不谈之意,此次大约是没有教育提案,所以非提出不可呢! 你看,扩充肇和中学,不也是四中全会之又一提案吗?

四中全会后,有某记者访某中委,询其感想如何? 某中委笑云:"一种对策,两项意见,个别谈话,各自分散。"此事曾揭载新民报,惟将"对策"误为"方案",且次序微有颠倒,特补记之,以存其真,且以示四中全会之伟大。

希特勒与戈林龃龉,消息传来,某要人喟然叹曰,不料希特勒戈林也学我们! 我想,若起金圣叹于今日,定必拍案叫绝曰,好一个学字。我又想,在最近的将来,德国人民口中,或者也大喊其口号,"精诚团结"! 或者,也派张溥泉先生之流,到各地去请客。

一夜,蒋介石先生宴客于励志社,座中皆要人,酒半酣,孔庸之先生忽请为黄河水灾募捐,首蒋氏,蒋挥笔助五千元,次及左右,因蒋五千,未便过少,然又虑其过多,无法措筹,一时愁眉双锁,面面相觑,但捐簿传至面前,又不能不写。有某要人曰:"疏远蒋先生,固然不好,接近蒋先生,也一样的不好。"

二三,二,十六。

十七

写此文时,适值阴历除夕,虽无爆竹之震耳,确有灯彩之怡情,良以阴历新年,政府虽经明令禁止,然因积习相沿,一时尚难改革也。特爆竹乒乒乓乓,不易藏拙,灯彩斯斯文文,尚可取巧,故多数人家,宁可爆竹不放,而灯彩确不能不挂,我初疑其有背功令,继始明了深得处世之法,盖《中庸》所谓其默足以容也。

政府为革除阴历起见,对于各机关职员,则禁止其元旦请假,对于商店及民居,则禁止关门闭户,张贴春联,敲击锣鼓,迎神赛灯,及燃放鞭炮。政府之用心,可谓至矣尽矣!特以今日之情形测之,元旦日各机关之职员,虽不一定即能全不缺席,然而商店民居门首,未必不贴"修理内部暂停营业"之字条也。禁者自禁,行者自行,斯亦国中一般普通现象,所谓各行其是者非耶?

近来京中最闹热事件,除阴历年节外,要以达赖大师追悼会为最。追悼会期,订于二月十四即阴历元旦日举行,其情形若何,虽有待于事后之记载,然就筹备处之启事观之,致祭者有二十二个单位,致祭人员,自主席以至于民乐(自天子以至于庶人句,不好借用),致祭服制,除军人另有规定外,一律蓝袍黑马褂,而且追悼会所,在考试院考场,诵经礼谶者,为我班禅大师,漪欤休哉!想我达赖大师既已超登佛界,定能慈悲为怀,解决我康藏纠纷,和好我班禅大师,而能来格来馨也。

在达赖大师追悼会前数日，尚有丘元武君追悼会，丘君之追悼会，系友人所发起，虽无达赖大师追悼会之盛大，然因其历年从事党务工作，友朋尚复不少，且因其死事惨酷，闻者均为悯恻，故凭吊人数，亦复不少。会场内外，遍悬挽联，其中以中央宣传委员会文艺科一联，极为人所注意，其文云：

怕说话，何必办报！能卫党，所以成仁。

联语雄壮，我极佩服！惜此联为中央宣传委员会文艺科所挽，若出之于新闻检察所，岂不甚佳！不怕说话，固为办报者应有之态度。然而如丘君这样的追悼会，开多了也足令人头痛！

监察委员周利生，以察哈尔主席兼二十九军军长宋哲元，任用"弃职失土"之汤玉麟为总参议，并呈请政府取消汤氏以前之通缉令，认为破坏国家法纪，向监察院提出弹劾，闻监察院业经通过，呈请国府转送政务官惩戒委员会惩戒云。或谓周君恶作剧，这样一来，岂不拿难问题给政务官惩戒委员会做。或又谓周君的个性，太不"现代化"了，监察委员田炯锦在《我为什么请求保释金树仁》一文中有两层感想，说得最好，他说："（一）居今之世，只要有钱，如汤玉麟辈无论若何剥削人民，只要能将钱各处乱送，虽滔天大罪，亦可赦免。（二）须要有势，如方振武、吉鸿昌以及从前和中央为难的一帮军人政客，纵使失败，但因其有潜势力在，仍可要求给予名义，发给资金出洋，归国之日，当局要人，犹须与之敷衍。"是的，周君太硬性化了，若此案不提出，纵不能见好于宋哲元、汤玉麟，而宋哲元、汤玉麟之心目中，至少将周君与其他委员一般看待。

监察院三周纪念,该院某君宴某某委员于浣花川菜馆,席次,某君引前清某御史言曰:"上焉者,民生国计,中焉者,寻及苛细,若我辈者,不敢放屁!"一时哄堂大笑,咸赞其引用得体。

闻王陆一君言,前此彼与张溥泉、马超俊、陈肇英诸君南下。某次,吃牛舌,王问陈曰,此是何物?陈君急遽之间,竟将其舌伸于口外,而以手指之曰,"唔,唔,唔"! 旋自会悟,急将舌缩入口中,王君曰,"将菜收回,难道不许人吃了吗"? 此事虽近于谐谑,要亦党国名流之佳话,当不至目为"幽默文学"之病也。

近有友人自苏来函云:"前曾怀疑吴侬何以能软语,研究数年,迄未解决,昨过观前,乃于无意中得之,盖苏州人不分男女,平时喜吃瓜子,运用舌根,圆转自如,积日既久,不觉语意绵蛮,若以旧文描写其吃瓜子本领,可曰,中国人而不善吃瓜子者,盖有之矣,未有苏州人而不善吃瓜子者也。"吴侬软语,友人谓得力于吃瓜子,理由是否正确,我非"吴侬",不敢妄断,然其说新颖,特为介绍,以供一般研究语言学者之参考。

二三,三,一。

十八

我写上期京话,适值旧历除夕,虽见各家灯彩辉煌,却无爆竹声响,方喜政府劝导禁令之功,业已纳民于轨物。不料夜阑人静,爆竹之声,忽然疏疏落落,或远或近,终宵不绝,我方惊服人民之大胆,同时又担心此辈之不免于逮捕,殊知次日打听，竟尔平安无事，我甚异之。嗣闻人言，行政院曾有密令至各省市，谓各地习俗，有骤难改革者，亦不必严刑峻罚，积极取缔云。此言不审确否，若果属实，我以为在行政院之施政上，此举值得大书特书，因为确能看到民众的心理也。今后行政院，果能本此进行，又何患一切施政，不能推行尽利！我为此言，若有人误认为仅在拥护阴历新年，我亦不辩。

陈果夫先生发表对于旧历意见，主张以阳历为主，一切纪念日，概从阳历，至关于各种佳节，则仍依照阴历，酌量采入。此项意见发表后，赞成者颇多，现闻行政院已交内政部核议，大约可望施行。我常以为革故鼎新，应当从民生国计入手，更应当分别缓急，择要施行，至无背善良风俗者，大可不必费尽九牛二虎之力，积极攻击。果夫先生大约亦有此种感想，故能调和两者，折衷办理。我甚望内政部早日核议，采纳果夫先生之建议，则今年除夕，我将买十万爆竹，约齐果夫先生大放特放也。

立法委员某君，喜吟诗，其春节戏作云："今年新旧两新年，一遇日亏一月圆，新历月明除岁夜，旧历日晦履端前。翻新花样年年异，依旧桃符岁岁鲜！转觉新元成旧套，虚文只见贺年笺！"我不敢谓某立法委员个人之意见，即可以视作法律，但是新元成旧套，徒见贺年笺，倒是确实的事实。不过，事实虽然如此，然而新元又不能不照旧来他一套，奈何？王君云："政府要我们过阳历新年，但是又不热闹，阴历年虽然热闹，但是政府又不许过，所以，名是两个年，反不如一个年的好！"这也可见人们对于过年趋向之一斑，因此，我对于陈果夫先生的意见，更希望能够早日实行。

京戏近在南京，似乎相当的盛行，这大约是"京"字的关系罢！你看不是有些人已叫京戏为平戏了吗？这又不是明明告诉我们，京戏应该流行于南京的绝好证据吗？因为京戏应在京流行，所以明星大戏院、南京大戏院、陶陶大戏院、世界影戏院、国民影戏院以及励志社等，都先后开演京戏，而梅兰芳博士、程砚秋先生等，也都惠然肯来，某名流、某女士等，更也粉墨登场，"独乐乐不若与众"，若起孟老先生于今日，必曰，漪欤盛哉！可是梅兰芳等虽好，因戏票太贵，我不敢看，某名流等，虽然也好，因为有诗为证，我不忍看。诗曰："名流博士赈黄灾，要人粉墨上戏台，京戏翻作绍兴戏，不禁倒彩滚滚来！（此诗南京《新民报》曾登载过）"以上云云，系就京戏之程度言之，若以某某等次要人欢迎之程度作为区别标准，则胡徐诸女士可列首泣，梅程二君恐尚屈居第二，至金少山、王泊生等应悔错学了门类，或者要怪错投了男身！

自石瑛辞去了南京市长，继任人选，传说纷纭，今天是甲，明天是乙，后天是丙，再后天又说某巨公坚绝留石，害得为甲乙丙者，心猿意马，而市政府职员，更觉坐卧不安。南京是这样的南京，官吏又是那样的官吏，我想，这等问题，诚如吴稚晖先生所说，不过是庙中土地的搬动搬动，但是因为牵连太多，所以，希望搬动土地者，不管怎样搬动，还是早早决定的好。

汪精卫先生在行政院纪念周，讲演生产建设，列举三点希望大家努力实行，其结论有警句云："幸毋以生产建设为口号，作报章刊物之点缀品，希望诸位能彻底明了，努力苦干。"

有人说，这是汪先生的自励语。又有人说，不，明明说"希望诸位"，这大约系对各部会长官之勉励。但又有人说，不，这个"诸位"，不是指各部会长官，而是指一般职员，因为各部会长官，岂有不知生产建设重要之理？然更有人说，不，这不是指一般职员，因为他们负不了这大的责任，这一定指的是全体国民。我想，有汪先生在，不比作四书集注，要慢慢去揣测，不过，"以生产建设为口号，作报章刊物之点缀品"，这敢说，是一般编撰报章刊物的人们，所不敢为的。

二三，三，十六。

十九

说也寒伧，要不是满街贴了造林的标语，恐怕是否造林的时候，我还不知道。可是，林，虽然年年的造，而能其为林者，恐怕除中山陵园以外，其他尚不多见。然而中山陵园之林，是否由于一年一次经要人们于植树典礼中种植而成，恕我未曾调查，不敢妄加论断。但是，我以为以后的植树典礼，能在中山陵园以外的地点举行，似乎比较有意义。而且"我爱其礼"，士大夫之言也，"十年树木"，到底又是一回事。否则，必如王艺圃君所云，"而今又逢植树节，满山依然是树秧"。

华北各党部，近日联电中央，呈请停发航空公路奖券，其理由分国家、社会两种，关于国家者，谓"前三期盈余，共仅二百余万元，在国家所获无几！"关于社会者，复分之为两项，一为"助长赌风"，一为"增进人民侥倖心理"。闻中央对于此事，颇感困难，即一般人民，对此举动，亦觉表示遗憾！日来数友闲谈,认为"兹事体大",中央似应从长计议,因为盈余无多,或者由于推销未得其法,应交财政部缜密研究。即如第二期奖券,分条出售,已较第一期"科学化",倘能再将一条分而为十,或且分而为百,又何患不能普及全国,使盈余为之锐增。至助长赌风及侥倖心理,此乃见仁见智,各有不同,夫奖券名义,非所谓建设航空公路者乎?故购奖券者,传令嘉奖之不暇,何忍再加批评!此等正面理由,已足使奖券永远存在,固无须乎"辩证法"而始知也!为维持奖券信用计,为使奖券生意发达计,中央应对华北各党部详为解释,使无误会,则"建设幸甚","党国幸甚"!

日昨过某书局,适新任新疆建设委员某君,正大购其新疆地图,及询有无新疆地理志,我趋前贺曰,"你真是一位有心人!"某君素坦白,即率直答曰,"不瞒你说,我实未到过新疆。然而委员中类乎我者,人数不少,我能虚心研究,虽不敢强似别人,或者尚不致于漫无头绪"。我笑曰:"诚然,古人闭门造车,至今传为佳话。况仕而优则学,又为圣贤所容许,更何必引以为憾!"好在南京尚在造林,建设新疆,总比造林又缓一步。

报载南京市政府两个统计,颇引人注意,一则,谓京中各机关汽车,共三百余辆,约值百余万元;另一则,谓市民所需肉食,分猪牛羊驴马五类,每月宰杀平均数目猪九千头,牛千头以上,羊四百头,马驴各六七十头,屠宰税全年约七万余元云。一般平民,对此数目,区为惊讶,然而观乎一般大人先生,每周必赴上海,对于南京物质环境,每叹其设备太差,则是平民之惊讶，在大人先生心目中，未免过于"眼浅"。

友人某君，新任电影检查委员会委员，我问其会中兴趣若何，他说："忙得很，自上午十点钟起，一直累到天黑，最伤眼睛不过，以前曾经有两位委员，因为勤于工作，几乎将眼睛弄瞎。"继而他又似乎叹息似乎批评的说："这近于庸人自扰！"我不知某君是因为刚才就职还没有感觉兴趣呢？抑或是根本怕累？不过，电影，社会教育之一种也，政府组织专会办理，其重视社会教育可知，且会昔为内政教育两部合组，今则进而为中央宣传委员会主办，其重视之程度，更可想见！寄语某君，幸无厌倦，立法院正通过恤金条例，眼纵瞎，又何妨。且不检查电影，更有什事可做？

下关煤炭港贫民朱某，窃取车站所遗煤屑，拟携至市场出售，为警士刘某瞥见，喝令站住，朱即反身飞跑，刘尾追不舍，并放手枪三响，据云，一弹误中朱之大腿。事出后，京中人民，议论纷起，佥谓窃煤小事，何至开枪。或曰，因其所窃者为煤，故不免于倒霉也，或又曰，刘警应该明令嘉奖，因深识用枪之法。且能于三枪之内，有一命中，足见训练有素。

有某君幼子，因食花生米哽塞喉道，送鼓楼医院诊治，因医生手续错误，竟至殒命。某君愤极，讼于法院，乃法院认为过失杀人，无罪，予以不起诉处分。南京《新民报》记载此事时，特为大字标题曰，"医死人无罪，打死人仅属过失"，弦外之音，似有代鸣不平者，实则，法院所判，岂有不平之理！严格言之，此事罪在某君，盖向生处求生，或且难保意外，岂有向死处求生，竟有侥存之理。不闻夫阎王请医之笑话乎，以医者门前死鬼站立之多寡,以订医者技术之良否,其结果竟误延是日开张即行杀人者去。某君以为大厦之中,必有华佗,其与阎王请医,又何以异! 所幸某君此种行为,系属认人不清,尚非有意杀子,似可引用过失杀人无罪之例,予以原谅。

有请楼桐孙君作荐书者,楼答曰,"我的荐书,五等半之荐书也,无效。"或谓此语作何解,楼曰,"后台老板之荐书,一等也;顶头上司之荐书,二等也;声势显赫之荐书,三等也;亲戚故旧之荐书,四等也;一般权要之荐书,五等也;若我辈者,职虽不卑,位等闲曹,故曰五等半。"谋事之难,难于如此,然尚有持五等半以下之荐书以求事者,不亦愈可悲乎? 政治如此,清明何时?

二三,四,一。

二十

在这春光明媚的时候,每个人的心田,似乎都欣欣向荣的滋生着,我们虽不敢希冀人们的一切行为,都与时候作正比例,表示着"美术化",然而最低限度,总希冀能够"合理化",抑谁知半月以来,所见所闻的,简直"不成话",一遍大好春光,搅得乌烟瘴气,人为春喜,我将为春伤了!

据三月二十七日《中央日报》载,中央医院牙科主任韩文信,曾为蒋委员长医治牙疾,昨因财部某要人家中有人患牙疾,请其前往诊治。韩得讯后,即电财部询问。接线生戴福寿,供职已久,办事谨慎。以事前未有所闻,请待问明再告。及得其详,当即答复,韩接电后,戴问:"你是否韩文信医生?"

不意韩勃然大怒，谓"你是什么东西！竟敢直呼我的名字！"连呼"混蛋"，大骂不已！少停，韩复电财部总机，询接线生姓名，问明后，复再骂"混蛋"。犹复怒气未息，驱车财部，访总务司长许建屏，领导至总机室，访得戴氏，连批其颊，并大声叫骂："你竟敢直呼我的名字，我告诉你们部长，非撤你的差不可！"经众拉劝，始悻悻而去。事闻于财部全体职员，大为不平，除公呈总务司，请向中央医院交涉，将韩撤职外，并拟向法院控拆。中央医院院长刘瑞恒君，亦以韩横蛮殴人，表示不满，且查韩近来屡次开罪病人，除向财部道歉外，并将韩记过一次云（据私人讲述韩氏举动，与此颇有出入，为求有根据起见，只得将《中央日报》所载，为之摘录，虽有文抄公之嫌，要亦君子明哲保身之道也）。吾人由此一场趣剧，觉有几点认识：一、官儿是不容呼名字的，最好连姓氏都不用提。即以此事作例，戴接线生打电话给韩牙科主任时，应该说："你先生是主任吗？……主任有甚么吩咐？……是，主任……主任还有话说吗？"二、凡有可以"告诉你们部长非撤你的差不可"者，均得拍。三、戴氏不善拍，所以始终当接线生，而且不免于因接线而挨打。四、有人说，韩氏太横，我则不以为然，相传以前某官因皇帝踢了一脚，即在裤管绣上一条龙，韩氏曾为要人治病，且现时荣膺中央医院主任，论其官架，理应如此，焉得谓横。五、一方挨打，一方记过，或谓待遇不均，不知一方系接线生，一方系牙科主任啊！至于财部职员拟向法院起诉，我以为大可不必，要知财部与中央医院，同是政府机关，而且两机关的长官，交谊又极亲密，纵不忌家丑外扬，也应当想想

"不看僧面看佛面"的古训啊！

第二届高等考试第一名之李学灯君，系阜宁人，阜宁县长李晋芳暨全县公团各学校等，以李君得此殊荣，群情欢忭，特电考试院戴院长，请予特加显擢。略谓："李君学灯，才识闳隽，气宇开张，遂缀巍科，时称得士，乃闻分发实习，屈在下僚，桑梓骇怪，多士短气，恳依一届成例，特加显擢，以宏选政，而励来兹。"戴院长接电后，"以分发实习，系依法规办理，擢用人员，政府自有权衡，各公团不明法令，情尚可原；该县长身任地方官吏，对于一切重要法规，自应研究有素，何得轻易发言？思出其位？殊属不明事体，应请江苏省政府予以申斥，以示薄惩"。李县长便这样的受了一顿申斥！王君，李县长之友也，闻讯后，特去函慰问云："你以为曾经江苏县长考试第一，遂对一切考试第一者，表示同情，其实在大人先生眼光中，第一算得什么！多士短气，岂待今日，你竟大惊小怪，宜其遭受申斥！轻易发言，不过多嘴，思出其位，其为小人乎！小人闲居为不善，我与你为老友，不忍坐视你陷于不善而不救，闻佛学足以使人心境恬淡，你若有暇，何不学学参禅念佛乎！戴先生等近日发起时轮金刚法会，尚望前往参加为荷。"

近日南京会议之多，在会议统计上，也要占相当的数字，中央宣传委员会，就召集了三个，一为文艺会议，一为新闻会议，一为电影谈话会，此外如经济委员会全体会议，交通部之航政会议，新疆之建设会议，均足值得大书特书的。有某君终日为会议所缠，出则汽车，入则妙法，几于不知四时，日前偶尔至陵园一游，归来逢人便道曰，"不是到郊外看了花木之繁荣，几于不知春到人间"。

自辜仁发夫人包庇刘绰民事件发生后，官场谈话，几以此为最好材料，对于英人带领军队侵入班洪及盗开银矿各情，反鲜闻人有所谈及。实则如刘绰民与辜夫人之人物，何处没有，不过有幸与不幸而已！

于乌烟瘴气之中，幸有一件值得纪念之事，足以聊慰景色宜人之春光。此事为何？即中央组织委员会工作同志吴元福君之死！死，是悲痛的！惟吴君自知有病，而且病了数日，徒以不忍放弃责任之一念，未待痊可，即行力疾从公，以至因晕厥而死于办公室中！在挽近轻视职务之空气中，实在值得敬仰！《中央日报》特着社论，谓"吴同志这样早死，是本党的损失，然而吴同志这样死的方式，是本党精神上的收获"，这样赞扬，并不过分，不过在国民党精神上，是否因此得一收获，恐怕还是问题；别的不说，要人们仆仆京沪道上，据说，并不因吴同志之死，而为之减少！

二三，四，十六。

二十一

从"上应天时下洽人事"两句老话的演绎，似乎天时人事间有一种莫名其妙的连锁关系，南京自奠都以来，政治的剧烈变换，我们看得多了，政客的剧烈变换，我们也看得多了，只是气候的剧烈变换，还不大见，不料今年入春以后，忽寒忽暖，瞬息万变，尤以四月七、八、九诸日为最甚！七日有若深秋，八日俨如炎夏，九日则又酷似隆冬了！这种剧烈变换，不知是人事上应天时？抑或天时下洽人事？

三月二十九日，中央党部举行黄花岗纪念会，吴稚晖先生演说，谓"二十三年时间过得很快，但是国家有些两样没有？"我觉得这一问话，问得非常中肯！非常有力！吴先生善书，何不书就数千份，分赠各要人及各"次要"，以作座右之铭。若吴先生虑所书篆字，恐人不识或误认，则请于右任先生代劳，亦无不可。

冯玉祥先生以三民主义为救国良药，拟勒诸金石，以垂永久，数年前曾购有大批石头，存于浦口，以备镌刻之用，最近由林主席命人运往陵园，闻俟商得冯氏同意，即行兴工云。余以为冯氏此举，与戴季陶先生将手书总理遗教，藏诸塔中，有先后辉映之妙！且今后研究三民主义板本者，除民智板、商务板、中华板等普通板本以外，至昔本刊所载樊钟秀口称之樊板，与戴先生手写之戴板，冯先生将刻之冯板，应效《四库全书珍本》之例，另列专栏。此事予曾与研究板本素有心得之杜君商之，杜君以事关文献，最好请"我的朋友胡适之"担任，较为郑重，未审京话读者，对此亦有高见发表否？

华北各党部前请禁止发行航空公路奖券，谓前四次赢余，不过二百万，我当时即感觉着，若果以此为禁止理由，还不如责成办理人，妥为改良的好。果然，奖券办事处，对于宣传及广告，已特别注意了！据说，办事处"为引起爱国民众踊跃购买起见"，特印就五期奖券传单二十余万份，先以五万份，于八日上午十二时，由中国航空公司邮航机，携至本京空中散发，闻内有两张，盖有奖券办事处印章，拾得者，可免费乘中国航空公司飞机，由京至沪，或由沪至京一次云。你看，这不是改良了吗？华北各党部应不至再有疵议了！航空尚未建设，飞机已经先坐，足见办事处办理有方！不过，我以为拾得传单的人，未必即是购买奖券的人，办事处应该再为改良，凡购买奖券若干张者，准乘飞机游览南京空中一次，又若干张以上者，准乘飞机由甲地至乙地旅行一次，至仅购一条者，只准眼看，不准手摩，岂不比较科学化！不过，这真是一大损失，八号正午，为甚么不去拾传单，糊途！然而，怪谁？

主计处统计局，以国民政府奠都南京以来，业经七载有余，关于各机关任免职员之动态，尚鲜整个系统之调查，现拟着手编制自十七年起至二十二年止之各机关总职员录，以供参考云。此种统计，我认为与各国之"Who's who"以及我国旧日之缙绅录，现时书贾所出之名人录或名人大观性质相彷佛，无关乎国计民生，有之不嫌其多，无之不病其少！不过，统计局若欲于此中认识任免职员之"动态"，用不着去费这样的大力，编甚么总职员录，只须将各机关主管长官之进退，作一简明图表，即已足用！因为"一朝天子一朝臣"，是中国正统派的政治哲学啊！但是，话又说回来了，有一个总职员录也好，因为要人们遇到冠婚丧祭，发喜笺或讣告倒很方便啊！

自杭州北平发现所谓摩登破坏团后，南京亦闻风兴起，乃正发表宣言大施手段之际，行政院汪院长认为"此种举动，幼稚鲁莽，足以贻笑天下，若任令此辈藉端横行，既侵犯人民身体财产之自由保障，复摧折新兴工业之萌芽，实为法纪所不容！"且更申其说曰，"今日陆海空军人皆衣制服，亦即所谓西装,在此辈眼光中当亦在破坏之列,岂非欲陆海空军人亦服长袍大褂以临行阵乎?"因此之故,特令有维持公安之责者,切实防范,并严加究治。果然电令一发,风平浪静,虽建康路正大五金号,仍不免于投掷炸弹,然一则为锄奸团,一则为破坏团,未可混而为一也。或曰,此种行为,虽有褊激,要亦发端于爱国之一念,纵欲禁止,一有司之责耳,汪先生以行政院长之尊,严厉过问,岂不虞有扶得东来西又倒之流弊乎。余曰,是所谓明察秋毫也,继起而保障者,或将为言论自由乎?

某某要人等发起之放风筝比赛会,报名者甚为踊跃,有某君特自天津携带飞鹰等十余种前来,南京市政府职员许师叔君,亦从常熟带来大蜈蚣一只,长十八节,制造精巧,放起时能在数千尺以上,闻均已加入报名,预料四月十五日比赛,必有一番盛况。吾常怪一般要人们,每谓南京设备不全,无法消遣,因而常跑上海,实则南京并不寂寞,远之如踢毽子比赛,如欢迎胡蝶、徐来等表演,如听梅兰芳、程砚秋等京戏,近之如公余联欢社将增加跳舞厅,如此次放风筝比赛,岂不也"蛮好白相"! 我们国家,土地之大,与美国并不相上下,你看,近日报纸不是也传罗斯福外出钓鱼吗? 他们总统还这样开心,我们实在也应该玩玩。

行政院通过国府特派大员巡视规程,监察院认为侵越监察职权及违反立法原则,呈请国府解释,汪院长则认为并不冲突,监察院某委员又从而驳诘之,连日各报登载双方谈话,你来我往,针锋相对,隐与当年人生观论战相彷佛。我们老百姓对于他们这样责善,非常赞成,但也希望他们不要一旦红了脸,丧了和气! 尤其希望的,不管将来特派大员出巡也好,监察委员出巡也好,总之,如《中央日报》社论所说,要"认识使命的重大,走马看花不是巡视,酬酢一番报销旅费不是巡视,浏览风景凭吊古迹更不是巡视"啊! 静的政治,我们已看得多了,今后我们又看看动的政治怎样?

二三,五,一。

二十二

五月,似已由悲壮而转入沉寂,更由沉寂而转入娱乐了! 在北平,有所谓颐和园游园会;在杭州,有所谓时轮金刚法会;在南京,则风筝比赛才完,而脚踏车比赛又接踵而起了! 噫嘻,盛哉! 本来,五月的纪念日,真也太多了! 而且这些纪念日,除了五四、五五,比较可以安慰外,其余如五一、五三、五九、五卅,没有一次不是难堪的! 提起来,一肚子倒有半肚子牢骚,哭哭啼啼也不像个样子! 所以,倒不如且以喜乐,且以永日,还来得干脆,还可以表现大国民的态度! 一般人不了解要人们的苦心,或加非议,或事攻击,这未免错怪了要人,错怪了要人们对革命的五月的认识!

航空公路奖券自发行以来,头奖,不是上海,便是北平,一般南京的购买者,每于失望之中,亦常感觉不平。好了,五期头奖,竟然落在南京了! 南京,为一国的首都,按以售出头奖店铺所登之广告"财临旺地"的原则说,南京而中头奖,实属分内应有之事! 而且,为数或不仅止一次! 所以,六期奖券发售不过旬日,为数已逾百万,这种踊跃输将的精神,谁说我们国家没有救药！

易培基盗卖古物案,报载某要人谈,易氏所盗卖古物,最近所查出之证据,尤为惊人,历代朝冠、凤冠、玉带、蟒袍上所嵌之珠宝,约计二十箱,悉被偷换殆尽,且有"云烟宝筏",系唐宋元明清五朝扇面,计两大箱,亦多不翼而飞,综计两项价值,为数在数万万元云。日来友朋晤集,多以此为谈话资料,或曰,易氏若仅偷换扇面,尚不失为一雅贼。或曰,易氏本农矿部长,珠宝之系矿物,虽属尽人而知,然而易氏能鉴其真伪,决其取舍,自属难能可贵!且易氏或感觉在任内时,未克尽职,故于故宫中从事开掘欤!虽然,易氏能盗换古物,至数万万元之钜,其勇敢实为常人所不能及,若起太史公而为赞美,必曰,易氏亦人杰也哉。

南京中央医院,自办理以来,真是有口皆卑(此处的"碑"字,据说,以去石旁为对)!即以近日报纸所登载者而言,五月二日,励志社社员邓君,携子前往种痘,候一时许,始有一医生姗姗其来,见孩即云"有病",邓君睹状骇异,告以系来种痘,该医故作沉思,随云"无病"而去,去后亦不再有医生前来,此一事也。五月九日,各报载警察厅职员江镜先君一函,谓四月三十日携女求诊,等候几两小时,始有一头发蓬松,高跟革履之女医师,偕一装束入时之女护士来,略看舌头,即说这是白喉,须速往下关传染病院医治,否则无救,及如言前往,经详密检查,知非白喉,一药而愈,此又一事也。其最痛心者,则为已故革命老党员安舜卿先生六龄幼子之惨亡,五月二日,安子右齿微痛,请诊于该院医师陈华,断为虫牙,须拔去，安妻不许，陈竟自作主张，将齿拔去，入夜，齿根及腮部大肿，送请复诊，佯推不知，商请住院，又复拒绝，几经交涉，方允住院，然复漫不经心，及病危，外科主任沈某始行声言，非开刀不能奏效，乃安妻正考虑间，沈已自行负责，联开数刀，不数分钟，即行惨死矣！我往日闻邓江二君消息，方恨中央医院之不为诊治，及闻安子之死，又为邓江二君称幸！夫中央医院为政府所设立，据近日拉西曼报告，国联因技术合作，年助五十万元，谁知结果，竟至如斯！日人拼命反对我国与国联技术合作，使彼知其情形如此，不亦哑然失笑乎？或曰，无怪林主席牙病，必仆仆风尘，远赴沪上，请教于陆仲安也。

京市各中学行将毕业之学生，反对会考，于五月十二日起，实行总罢课，并发表宣言，谓会考缺点甚多，在理论上，违背教育原则，束缚天才养成，损害学生身心。在事实上，无实际之价值，选题易失重心，以及待遇不平等。末后并切望全国同胞，顾全民族危机，体念青年痛苦，予以实质援助云。至社会局则以部令攸关，未便通融，如有事件发生，各校长均有处分。现此事正在酝酿中，截至写此京话时，尚不知如何解决。不过我觉着教育部以前主张会考时，其理由亦谓顾全民族危机，今学生反对会考，亦为顾全民族危机，究竟民族危机，应该怎样才能顾全？

行政院为增进行政效率起见，特设行政效率研究会，从事研究。此举就表面观之，似觉无足轻重，但就其实际言，则关系至为重大！即以公事收发论，自收到起，以至发出止，其手续有经过四五十道者，因为手续繁重，于是多用人员，多废时间,多耗纸张!甚且终日努力,仍无裨于事实!予尝谓苟以科学方法,从事行政管理,改进行政效率,则各机关人员,大可裁去四分之三,至多有二分之一,亦可足用!惟在目前各机关长官竞相位置私人之空气中,增进行政效率,是否不至妨碍许多饭碗,实为一大疑问!倘就现时人多事少之状况下,从事增进行政效率,无宁多想些事体,使每个职员,多少都有点事做,或美其名曰,多少都有点公办,否则,终难禁止男女职员们之写情书或打洋线索也。

二三,六,一。

二十三

谢天谢地,多事的五月,总算平安的渡过去了!

时间已进入夏季,天气是一天一天的热起来了,以前我常作一种拥护夏打倒冬的主张,觉着冬天非裘不暖,夏天则一套汗衣,已可过去,似乎夏天比冬天来得平民化些!可是据一般劳动同胞说,他们对于夏季,也并没有多大好感,因为作起工来,夏天比冬天还要辛苦!只是夏天有一点好处,就是可以享受午睡之乐!

酝酿已久的第二次全国财政会议已经开幕而且闭幕了!我总算是个关心国事的人,所以对于开幕日那天的晚报,我特别留意看,谁知不看犹可,一看使我惊讶非常,因为我们行政院长汪院长的训词,也被开了"天窗"了!我当时非常着急,分询各友,均不得要领,一直等待第二天早上,看了各日报所载汪院长的演说全稿,才将此心放下!原来汪院长说，"我中国自古以农立国，为政者只要做到政简刑清轻徭薄赋八个字，取于民的要少，而替百姓做事亦不必多。自从中外交通以后，局势大变，各国的农工商业高度发达，激烈竞争，中国在这国际环境中，取于民用于民的都非以前可比！试观军事上造一炮舰，即须军费数千万数万万……我们如果还用政简刑清轻徭薄赋八个字做标准，我们国家也就不能存在了！"我觉着这几句话也到是真情，为什么前夜的晚报必须检去？其实，经汪院长一提醒，大家也就明了多了！确实的，"我们如果还用政简刑清轻徭薄赋八个字做标准，我们国家也就不能存在了！"不过，同时国民政府的代表邓家彦先生演说，又引了孟子的一段古话，"桀纣之失天下也，失其民也，失其心也。得天下有道，得其民，斯得天下矣；得其民有道，得其心，斯得其民矣；得其心有道，所欲与之聚之，所患勿施尔也。"这又不知说些什么？我又弄得有些模糊！所幸这次会议，苛捐杂税的标准定了，废除苛捐杂税的日期定了，总算差强人意！且看事实上的表现罢！

扬州十二圩的船工，因食盐改由轮船起运，业已危及生计，且轮运每包多盐三斤，缴半税即可起运，种种待遇不平，愤激罢市，特推代表数百人，来京请愿，在九一八后大规模之请愿以后，也算可观的了！幸经政府多方商酌，决饬两淮盐运使转饬运商，将湘岸轮运二百票，改一百票帆运，皖岸仍照向例，完全帆运，以维劳众船户现状！至治本办法，关于定案一千三百余票内轮运五百票之比例，酌拟帆轮运各占半数，更番配运，先配帆船云。此事就表面观之，不过一劳工问题而已,其实附带的,还有一件最值得注意的事,即是机器业与手工业之冲突! 记得以前北平开办电车时,人力车夫也曾大闹罢工! 所以,我们天天嚷国家工业化、事业科学化,倘使对于这些问题,不去想法,则你前进一步时,必有一些力量,拉你后退啊!

我国各地方,旧有万民伞,德政碑之设置,盖人民纪念官吏德政,藉以表示去后之思也。但行之既久,弊端丛出,或授意土豪劣绅,使其贡献,或潜使亲戚,自行制造,以致令人每过德政碑前,辄不禁头晕眼花,欲想服一粒人丹! 最近内政部有见及此,特通令各省县政府,不得再有上项情事,如已立者,即日撤移,如新立者,即予打倒。我认为内政部施政以来,惟此举尚属大快人心! 本来刮了老百姓的民脂民膏,还要老百姓替他送伞立碑,表扬德政,实在罪该万死! 不过,仅禁有形之张扬,对于无形之贪污,若不积极惩治,又有何益! 我以为伞近腐化,可以取消,碑尚坚固,似可采其意而变换之,即是在各省设一贪官污吏题名录,凡遇有秽德彰闻者,立将大名刊上,似较消极打倒为佳,不审内政部以为如何?

抱歉得很! 我又要说到中央医院了! 中央医院的嘉猷,自经我介绍以来,大约已有好几次了! 我本来不忍再提,但是他偏偏不断的好事发现,令人不忍割爱,好,再谈这一次罢! 五月二十一日,首都女子法政讲习所学生陈允之,因腹痛剧烈,送请中央医院诊治,外科主任沈克非断为盲肠炎,谓须开刀割治,及送入手术室,于打麻醉针后,复加以闷药,及手术完毕,送返病房,既无医生前往看视,又无看护照料,遂使陈女士永闷不起！陈母愤极，其状控于地方法院。一时各报登载，名之曰"闷死女生案"，标题之新颖，足与河南之"摇头摆尾案"有彼此辉映之妙！又有中央党部职员张君，素有咳血症，时发时愈，张君恐系肺病，亦往求教于中央医院，当由某内科医生为之诊断，该医生以此症在朝鲜有传染性，因询张君是否曾到该地，张君云，"朝鲜未曾到过，但曾到过东三省"，乃该医生闻言之下，似甚不解，竟问"东三省在什么地方？"张君以该医生常识如此，医理可知，不禁骇极而退！各报对此，亦均纷纷著论指摘！我以为此两事虽觉性质各殊，然其间颇有连系的意义！主任可以闷死人，医生自然可以不懂东三省在什么地方，这是他们程度相差的表示！因为闷死人还是医学上的事，东三省在什么地方，已经关地理学上的事了！所以一个应该当主任，一个只好当医生。其次，主任专攻医学，还不免于闷死人，医生自然更没有工夫去研究地理了！你要他既学医生，又明地理，这不是难死人吗？唉，总怪咱们的东三省不吉利！害了我们中央医院的先生受人指摘！我也要帮着骂两句了，可怜的东三省啊！可叹的东三省啊！

二三，六，十六。

二十四

友人某君，卜居栖霞，谓日来林木幽深，无城中暑热气，希我会同各友，前往一游，并谓蔬菜香甜、鱼虾鲜美，亦为城中所不及，若我辈往，当治三元之盛席相待。我以栖霞之妙，在乎秋赏红叶，故宁受"看不起三元盛席"之嫌，毅然却之。乃某君坚约,迫于情面,未便固辞,查《中央日报》所载京沪火车时刻表,知由下关开出之九点三十六分快车,可靠栖霞,遂相约于上星期日九时前会齐于和平门,以便乘车前往。及期,我与友人先后至车站,候至十时,尚未见所谓快车者来,询之,始知自四月一日起,业已改订班次,我初疑检错去岁火车表,乃细阅之,其日期固为二十三年六月七日也。

我等不能去栖霞,乃改而游燕子矶,将至三台洞,见沿途两岸,榴花盛开,绵延六七里,灿烂盈枝,缤纷满树,已觉奇观,益以"数大便是美"的关系,更觉有无穷妙趣,欣赏良久,不忍遽夫,因念倘去栖霞,岂不负此名花,于是群颂路局之功德!

我等之游燕子矶,系乘马车前往,和马车夫计,人数凡五,马瘦弱,负重致远,颇感劳顿,上山下坡,几于不能自持。我等见其可怜,除平原外,多下车步行,虽不敢自比于君子,顾事后回思,颇有远庖厨之臭味也。阅报,知京市政军警当局石瑛、谷正伦、陈倬等,发起禁止虐待动物协会,如此瘦马长征,恐石、谷、陈诸先生等之出入汽车者,未必深知也。再孔子有云:"亲亲而仁民,仁民而爱物。"禁止虐待动物,爱物之表现也,物且犹爱,则如何亲其亲,仁其民,想更什百倍于爱物!常见上海租界内不准将鸡倒提,然而红头阿三,可以任意挥棍殴打车夫,想我京市军警当局,或不致闹此笑话!

中央政治会议议决:"明定八月二十七日为先师孔子诞辰纪念。"自然,孔子虽为先师,也如常人一般,是有诞辰的。史家世纪曰:"孔子,名丘,字仲尼,其先宋人,父叔梁纥,母颜氏,以鲁襄公二十二年庚戌之岁十一月庚子,生孔子于鲁昌平乡陬邑。"后来,因为夏商周各朝建寅建子之不同,将孔子诞辰改为八月二十七日,现在更改之为阳历八月二十七日,去孔子真正生日愈远矣! 我以为明定孔子诞辰,未尝不可,不过,应当还孔子一个中庸面目,表彰六经,罢斥百家,固觉太过,即如"辟雍钟鼓,咸恪荐于馨香,降水胶庠,益致严于笾豆",亦大可不必。中央政治会议,既已明定其诞辰,更希望将纪念仪式,也明定出来! 以免有的仍读其"大哉孔子,先觉先师,与天地参,万世之师"的赞美诗,有的又在静默三分钟。

报载,苏俄政府机关最感棘手者,为无穷数之报告及统计,其中多有积尘盈寸,从未批阅者,且每月所费纸张及时间,为数甚巨,人民委员会以现状如此恶劣,极为注意,斥为无聊报告,为官僚政治之怪现象,复训令各部,非至必要时,不得随意呈报,苏俄监察委员会已奉令严惩破坏上项训令之官吏,大约不使其入囹圄,即遭至西比利亚云。此种办法,何其痛快乃尔! 慨自苏俄革命方式传入我国以来,每周有所谓政治报告,每月有所谓行政报告,每次大会,亦照例有所谓工作报告,当每次中央全体执行委员会或全国代表大会开幕时,各院部会骚然,忙编政治报告,平时于职掌之下,亦添一项,"编制报告及统计",于是此一报告,彼一报告,凡在政府任职数年以上者,几于书橱中无一而非报告。近年以来,更且印之以宋字,订之以线装,满纸要人题词,像片触目皆是,大可藏诸名山传诸其人! 惟编辑者既感其耗神费时,而收藏者又厌其形同鸡肋,害己害人,莫此为甚! 且就海关统计言,去岁纸的入口,将达一万万元,我人虽不敢谓此种纸张,尽用于报告统计,然而倘稍为国家节省开支，我人又何必与纸为仇！俄国革命方式，既已改变其作风，我又何不可"迎头赶上去"！

国民政府六月八日明令云："各省市政府，往往于正赋之外，征收附加，漫无限制，农村凋敝，职此之由，……自颁布明令之日起，对于田赋，永远不准再加附加，并永远不准再立不合法之税捐名目，着为定例……切实查禁。"革命军北伐时所发的废除苛捐杂税的支票，实行兑现，殊可欣庆！惟闻川黔等省，有所谓预征钱粮至民国五十年者，而陈肇英君由福建归来在中央党都纪念周报告，谓闽省虽油条、豆浆之微，亦有营业税之征收，此虽非田赋附加，或不合法之税捐名目，然一则强迫预征，一则搜及苛细，望我政府，仍随时注意及之。

二十三，七，一。

二十五

久不写京话了！为什么？连我也不知道，但是友人们见着，总是追根究底的问；他们问多了，我就爽快的答复他们：我不写的理由，就是不写。

但是，现在为什么又继续写呢？自然，也可用不写的公式，答复读者，然而其理由尚不止此，最令人惊心动魄的，是林语堂先生的来函："头可断，京话不可无！"假使再不写，大有立遭人命的趋势。尝闻政治上要人们说"上台容易下台难"，不图于区区京话，亦且见之。

数月以来，京中可话之事甚多，即以近事而言，林主席赏菊青阳港，吴稚老品茗秦淮河，雅人深致，允称佳话！南京有此点缀,亦可洗尽俗态。

近来栖霞山的红叶,引动了人们的游兴,十一日值星期,十二日又为总理诞辰,照例休假,故两日往游者甚众,夕照一林,明霞万点,煞是奇观!惟游者攀树折枝,载与俱归,我则颇为忧虑,盖如此摧残,未知明年再有红叶可观否?

立法院修正刑法,对于夫或妇与人通奸处刑一条,仍维持现刑法,仅将刑期由两年减为一年。京市妇女团体认为不平等,主张或双方羁束,或双方放任,不能仅偏及女方,乃一面通电全国,一面召集全市妇女大会,向中央政治会议请愿。日来朋友谈话,各报副刊,俱以此为材料,洵洋洋大观也已。立法委员梁寒操之夫人,亦参预妇女请愿大会,并被推为理事,立法委员黄右昌之女公子,则声言若有人因此事殴其父亲,彼决袖手旁观,亦足见事态之严重。某君曾以梁黄二君事戏为一小说回目曰:

梁夫人桴鼓助战　黄小姐大义灭亲

其实,此联虽极自然,但当日梁夫人助战,助其夫也,梁寒操君在立法院整个之立场,其意见不能不与其夫人相反,若其夫人再从而助之,岂不糟糕!倘若典故可以假借,我拟改为"梁委员桴鼓助战",既切近事实,且含有希望之意。

考铨会议,通过搜罗全国遗才案,我未获读原文,不知其理由与办法如何,惟就字面而论,实在冠冕堂皇,值得载歌载颂!诚然,现时在朝的人士,尽如考铨会议宣言所云:"以考试选拔真才,以铨叙杜绝悻进,使贤者在位,不致有五日京兆之心,能者在职,可以三年有成之效。"我意,既名之曰遗才,其才亦觉有限,费神搜罗,岂非有背经济之道? 且既已贤者在位,能者在职,则其为遗才者,亦将感佩贤者能者之治绩,顿首谢曰:"成功奚必自我。"

胡适之君来京出席考铨会议,有记者叩以大学毕业生就业问题,胡君云:"卒业生不能就业者,不必怨天尤人,而惟责之于己,自己有能力,何愁没饭吃!"这几句话,干脆极了,可是有能力一定有饭吃,或者有饭吃者一定有能力,这两大问题,有谁敢作担保? 好在胡君久居北方,且系教授,此来又是出席考铨会议,这也难怪!

《中央日报》载:"前农矿部次长萧瑜,本年春由沪赴法,携大批故宫古物,抵马赛被扣,萧急电催教育界之某君,兼程赴法交涉,百箱古物,现已出卖于法,闻某监委对此案侦查极详,准备弹劾。"又载:故宫古物,被掉换者,仅珠宝一项,计三百八十件。又载:内政部规定,今后发现古物,概归国有。读了这许多消息以后,对于萧君之大胆,国家之大量,想来无一人不表示相当敬意! 至某监委之"准备弹劾"幸而是在准备,否则我将怪其多事!

二三,十二,一。

二十六

彷佛见过这样的广告,本期《论语》,将出西洋幽默专号,呀,糟了,京话不仅道地国货,而且道地土货,怎么办? 以前听人说,某冬烘先生闻人读 English 他认为是国货,认为是马援所说的"马革裹尸",日昨《朝报》载,某要人说"少年维持之烦恼"，或疑其错，某要人云，近来请求维持工作的少年，人数众多，说话痛苦，怎不烦恼！这两则故事，到是真正老牌的国货西洋幽默，大可借来点缀本期京话，只是一则数见不鲜，一则迹近抄袭，还是不好。啊，本期《论语》不是二十四年元旦日出版吗？一般摩登的人物，不是喜欢说 Happy New Year 以代恭贺新禧吗？ Happy New Year 虽不幽默，然而来自西洋，只要说得正确，说得响亮，借用一下，谅也无妨？

近日的南京，颇有升平景象，党务则有五中全会焉，娱乐则有梅兰芳之京戏焉，改革则有烟犯之逮捕焉，此三焉已足使天地位焉万物育焉矣，更何况搪瓷的新生活运动标语，满布通衢，气象一新焉。

此次五中全会，出席委员之多，据说打破历届纪录，彼此态度的诚恳，据说亦为历届所未有，吾侪小民闻之，不禁额手以庆！当孙哲生、王亮畴两先生南下后及五中全会未开幕时，友朋们见着，总是问"有什么消息？"或"近来情形怎样？"此种态度，虽为南京人士所独有，要亦为希望国家太平之热诚，不识各委员亦曾体察否也？最有趣者，各记者问居觉生先生，胡先生何时可以来京？居反诘云，照你们记者观察，觉着怎样？有人说，居先生善于辞令，实则遇到此种问题，除了各敬香烟一枝以不答代答外，惟有这样幽默的答复，最为得体。不识居先生平时，亦尝喜读《论语》否？敝人写此京话时，五中全会只开了两天，尚不知其结果如何？惟见京中各报载，各委员住所，大多集中于中央饭店或安乐酒店；各委员汽车停于中央党部门前时，整齐而有秩序；各委员宴会，废除相互酬应,实行公共聚餐;各委员衣服,大都蓝袍黑马褂。以新生活运动标语"礼仪廉耻表现于衣食住行"衡之,各委员或能保存此种精神以迄于散会,以迄于散会后。

梅兰芳几次来京演戏,都借口于赈灾或慈善,此次当然不能例外,其戏券一面委托各大商店及银行代售,一面则分向各机关各要人推销。闻某推销员云,某日访某要人,谓灾情重大,某要人不待辞毕,即疾首蹙额曰,中国无处无灾,靠一二人的救济,也办不了。继闻请梅兰芳演戏助赈事,乃和颜愉色,以演戏节目及戏价相询,及得其详,乃购十日之戏票数张,盖是夜所演者,为《霸王别姬》,且戏票为十元、五元两种,某要人虑观看不便,所购者尽为十元票也。但闻十日之夜,因某某诸公以当日《霸王别姬》后,即为人事之惨别,十日正值五中全会开幕,似不宜于表演此等戏剧,且以红豆馆主之加入,故临时改为《奇双会》,惟观众不谅解此苦衷,当时要求退票者,闻达数十余人云,不识某要人亦曾加入退票团否?

本京政军警各机关,联合组织首都肃清烟毒委员会,大肆逮捕烟犯(谨按:非香烟或卷烟),初捕数日,每日均有二三十卡车,延至近日,尚复络绎不绝,除政的机关不能拘押外,军警机关,已公告人满,现闻政的机关,正日夜筹备戒烟所数处,以资收容,闻规模较大者,可容千余人,小者亦数百人,洵洋洋大观矣!据友人目睹者云,烟犯中有年高者,深虑性命交关,从此永别,多将寿衣穿上,于是"朝衣朝冠"者有之,刺凤绣龙者有之,形形色色,煞是奇观。惜予未尝前往拜访,不识其表情何若,若使丰子恺君在京,当必增加不少画材也。惟闻江宁禁烟,与南京微有不同,凡年老或疾病者,准予领照吸烟,分期戒除,故一般瘾君子,日来由南京迁移江宁县者不少,有某学究闻之,摇头叹曰:"河内凶,则移其民于河东,信然!"

二十四,一,一。

随 笔

也是斋者，不必有斋之实，而无妨赋予斋之名也，但也是若译音为 Yes 而又冠以斋名，则公然是斋，而无须论及名与实也。余也，于南京房价高昂之中，居然据有一屋，若不设法利用，不仅辜负每月五十大洋之房租，抑且何以消遣一日念四小时之光阴？爰就见闻所及，笔而录之，积日既久，俨然成册，谨效文人学士随笔之例，名之曰，也是斋随笔。

一

十六年，何应钦先生任第一路军总指挥，马文车先生任总指挥部政治部主任，刘峙先生任第二师师长，均隶何氏直属。

师次淮安，一日，何欢宴各将领，酒半酣，众推马氏说笑话，马讲怕老婆故事，语毕，笑顾刘氏曰："你近来何如？"众大笑，刘笑答曰："我是在总指挥领导下的！"众益为之哄堂！

二

何应钦先生喜田猎，其前卫队长某，窥其嗜好，从而附和，且时向菜市购野鸡、斑鸠以进，谓系猎诸于野，时日既久，何氏微有所闻。一日，某复献家鸽数头，何审视良久，故笑询之曰:"这好像不是斑鸠?"某尚不知其意,笑容可掬曰:"报告总指挥,这是野鸽"。

三

十七年,何应钦先生任总司令部总参谋长,有求谋工作者,前来请谒,举止粗鲁,入室即大声呼曰:"报告总参谋长,总司令部有 × × 队队长缺出,部下愿当。"

何氏不悦,随即答曰:"现在有个副司令缺出,你愿当吗?"

四

黔人游翰明君,性潇洒,尝戏为联写其生活状况云:

> 每餐未尝过三碗,
>
> 一睡就是大半天!

游氏深得午睡乐趣,实我论语派中人也。

五

往岁,王陆一任安徽大学文学院长,其夫人求学沪上美术专门学校,王君欲其夫人赴皖,而其夫人以事未果行,王君乃寄以诗云:"你若不肯来,我便来看你,长江东下船,而偕某小姐……否则扬子江,我便跳下去,江水冷冰冰,难免得脚气。"其夫人读诗后,翌日,即束装成行。有某君仿《左传》语调云,"君子曰,此示威之诗也"。

六

洪瑞钊君，曾著《革命与恋爱》一书，颇为脍炙人口，年来见一般女子，对于革命观念，日渐薄弱，选择夫婿，徒以名利作标准，乃戏以 X 代表女子之地位与财产，以 1 代表男子较女子优越之程度，作成一公式如左：

女子择夫标准为 X+1

洪君并感慨曰：X=1 者，间亦有之，若 X−1 者，则余未之见也。

七

李 ×× 君，尝以房屋名词，比拟男女关系，如一夫一妻者，曰，一楼一底；一妻一妾者，曰，一楼两底；妻妾均无者，曰，过街楼。一日，同居某友，参预他人喜宴归来，心中感触万端，李君戏以诗云："海上房屋千万栋，怜君犹是过街楼！"

八

某君语人云："我今天见一副对联，气魄雄厚，文字老练，对仗工稳，寄意尤复深远。"听者急询之曰："且缓赞美，请先将原文读出。"某君曰："上联呢，可惜我记不清楚了！下联吗，是哪样哪样春呢！"

九

周 ×× 君，喜交际，与人谈话，遇其非者，则曰："你说的狠有理由,不过,就我个人的观察,觉着……"但遇其是者,则曰,"我表你一个同情"。

十

吴稚晖先生,善篆书,但不轻于提笔,一日,有青年数人往访,适遇先生为人书联,彼等乃低语密商,拟乘机购纸请先生书写。先生微有所觉,乃故意语彼等曰:"你们想,二十世纪,还要玩这些东西,真是野蛮,你们想!"

十一

二十二年,徐悲鸿伉俪出国,王、刘两君往送行,适徐君未屋,由徐夫人接见,王君见徐君新居四周,植树甚多,颇为赞美。徐夫人曰:"树虽多,然大都习见之桃李等花,名贵者甚少!"刘君曰:"桃花不能栽。"徐夫人问何故,刘君曰:"家中栽了桃花,老爷必定走桃花运。"徐夫人曰:"安知不是太太走桃花运呢。"

十二

"集中人才",为一般达官贵人之口头禅,王××君曾为诠释其意义云:"你倒了霉,你就是蠢才,你走了运,你就是人才。集合一般走运的人们,使之多兼几个差,多拿几分薪,就叫做集中人才。"

十三

某某诸君，组织一社会问题研究会。某次，讨论男女结婚的意义，或曰恋爱，或曰，民族延续关系。有王女士者，独持异议，谓男女结婚之意义，不外两项：一、性欲；二、金钱。

十四

十六年，何应钦先生统率东路军克复闽省，蔡元培、马叙伦两先生代表浙民，欢迎何氏早日率军入浙，何氏盛宴招待，并介绍俄顾问蔡列班若夫相见，俄顾问当分赠其中国式之名片如左：蔡列班若夫。蔡先生笑谓之曰，"原来是本家"。

十五

江苏民政厅长辜仁发君，因无锡公安分局局长刘倬民抗不交代案，联带去职，有某老先生闻之，喟然叹曰："仁者以财发身，不仁者以身发财，辜仁是谓不仁，其去职也，不亦宜乎？"

十六

大华烈士自红丝系足后，东南风竟不再"括"，读本刊者，类多憾之，日前，大华烈士偕其新夫人来京，友朋等欢宴于浣花，王漱芳君见其仪容修整，戏之曰，"胡子连根拔"，梁寒操君即据之作诗一首云：

　　一久违 × 烈士，生活近如何？

胡子连根拔,头毛拼命拔,

东南风不竞,西北气无多,

信是婚姻福,难求好老婆!

大华烈士往岁曾在西北工作,近年居京,西北气味,业已渐少矣!昔吕东莱因结婚而作东莱博议,今大华烈士反以结婚而中止提笔,梁君之诗,可为我《论语》读者,出口怨气!

十七

乡人谢君,论语派中人也,生而偓蹇,生平著述颇多,后竟以乱离丧失,余幼时喜读其《讨隔蚤檄文》,犹忆其中有数句云:

"隔蚤隔蚤,你吃人骨髓,还在人前跳!孝子之身体发肤,毁伤难保,佳人之粉白黛绿,破坏不饶!"

十八

中国国民党第三次全国代表大会,改选中央委员,吴铁城先生当选为正式执委,惟名列十三,吴氏略感美中不足,乃请于主席谭组庵先生,愿将名次退下数位,谭曰:"这也不好,假使将来前面有人出缺,仍将吴先生补为十三名,又怎么办?"

十九

十七年,各省办理党员登记。当填写登记表时,笑话百出,如"性别"栏,有填"温柔多情"者。"什么是本党最高权力机关？"有填"国民政府"者。又当口试时，问者曰："你何时加入本党的？"有某老党员曰："老子入党时，恐怕你还没有生呢！"

二十

有某科长黄昏后，与数友游玄武湖，忽内急，觅厕所不得，乃潜入竹林中，移时，大骂而去，友朋等不解所谓，询之又不答，旋于灯光闪烁处，见有布告一纸，上书八个大字云："发笋期间，禁止大便！"某科长愤然曰："为何这布告，不贴在那边？"于是群疑始解。

二一

闻何君叙述一联句趣事云，有新旧四诗人，往游关帝庙，忽诗兴勃发，倡议联句，甲见梁上双燕飞舞，乃曰，"双双燕子舞楼头"；乙即承其意曰，"飞来飞去几时休"；丙正苦思，忽见双燕飞去，即曰，"大燕飞去了"；丁思索良久，觉吟燕而不及庙，似乎美中不足，当大燕飞去后，小燕伸头巢外，喃喃不已，丁大喜曰，有了，"剩下那小燕儿伸出头来像那关圣帝前周仓爷爷的大拇指头！"

二二

扩大会议时，中央航空第二队队长晏玉琼君，奉令率机赴平威吓。临行，晏君训话，告以投弹时，幸无伤人。晏君自飞之一架，则斟酌再四，始于景山及北海等空旷处，投掷数弹,同事均服其仁厚,晏君亦不自讳曰:"仁厚,固然,但使炸弹乱投,别的不说,我就得先行焦急,因为那时我的爱人,正进女子师范大学啊!"

二三

民国元年、黔人钟××君任军职于贵阳,党召集其士兵,讲演历代英雄豪杰事,并仿各国例,每一士兵,赋予一英雄豪杰名,如文天祥张,郑成功李等是。惟士兵智识毫无,不仅尝误事为人,且尝将人事张冠李戴。一次,钟君忽问文天祥张云:"你是谁?"张曰:"我是郑七哥。"钟君不解,徐徐考查,始知为《正气歌》之误。

二四

福州鼓山,立有蒋委员长"其介如石"碑一方。有某君于其旁亦立一碑,大书"非子其谁"四字,金满成君游此,曾主张更于其旁,再树一碑,题曰:"到此须服一粒人丹。"

二五

友人周某,常语人云,其先祖与苏东坡甚友善,或问其先祖大名。周云:"不知,但见家谱中记载,相传先祖某曾与苏东坡同游赤壁,大约《赤壁赋》中所说之二客,必有一为先祖也。"

二六

萧忠贞先生，素有咳嗽吐痰之癖，年久日深，遂使其动作与音调，合谐而有节奏：其始，振喉作响；其次，张口作嗽；再其次，紧闭其口，使气由鼻管冲出；最后，作吐痰之形状与声调，实则，不必一定有痰也。

有与萧君善者，像其声调，戏呼之曰"呼图克图"。一日，汪精卫先生亦有所闻，笑谓左右曰："尽美矣，但不如恩克巴图之巧合而复有趣也。"举座哄然，均佩汪先生之颖慧。

附注：萧君自锡此佳名以后，业已逐渐改良矣！

二七

陈、伍二君，相友善，时以言语文字相戏，陈谓伍势利，伍亦谓陈多金，一日，陈戏谓伍曰：

其势利在丝厘毫忽微之间，

伍即答曰：

有存款达单十百千万以上。

合两君问答观之，俨然绝妙好联，事虽相戏，亦佳话也。

二八

友人宋××君，言语行动，极为直率，人或非笑之，宋君亦时引以为憾。某次，忽办事井井有条，某君誉之曰，"莫说宋大哥鲁莽，却也粗中有细"。

宋君喜极，竟常以此夸耀于人曰："我老宋粗中有细。"

二九

予原籍武进奔牛,当予与王艺圃君未结婚前,友人常以奔牛镇戏属王君对,王君曰:"跑马巷——南京街名——岂不现成吗?"符九铭君曰,"鲜鱼巷更好,因奔字可写作犇,鲜字可写作鱻也"。

三十

王漱芳君,字艺圃,江西有蔡漱芳君者,亦字艺圃。十八年,二君因符九铭之介,在京相识。夫名同者尚多,名同而字亦相同,则殊不易见,且二君之名,就字意观之,佥疑为女性,而二君乃属男子,尤为鲜见。

三一

立法委员赵文炳,呼其新夫人曰"小土豹子",或问其故,赵君笑而不答,或曰:"以此表示尊夫人之凶猛欤?"赵君仍笑而不答。回忆余阅亚东书局出版之《近二百年名人情书》中,有称其爱人曰"小老鼠"者,赵君之称谓,或根据于此欤?

三二

邵翼如先生榜其新居曰"玄圃",或曰:"古时元与玄之意义相通,氏名元冲,故相借用。"不过,此解释若确,则衡以财产为夫妇所共有之意,邵先生似无以对其夫人张默君先生。

或又曰,"邵新宅近玄武湖,或系借用玄武湖之玄字,也未可知"。

三三

友人×君,体肥,面麻,性倜傥,李晋芳君曾戏赠以诗云:

寄语×夫子,风流漫自夸!

有余身上肉!不足鼻边麻!

牛痘无须种,奶油不用搽!

纵使天花染,不过麻上麻。

三四

十六年,王××君与范××女士,在京结婚,有某君贺以联云:

既然干了实际工作,

何必做些表面文章。

三五

前清末年,废科举,兴学校,但对于各级学校之毕业生,则仍比拟于旧时之举业,分别给予功名,如高等小学卒业者,得按其等第,奖给廪增附生,即俗所谓之秀才是也。

及革命后,穷乡僻壤,对此习惯,仍未能遽废。贵州某县,有学生某,卒业高等小学,不仅大散其报条,并于报条末行,大书特书云:

"当前清秀才!"

三六

十七年，何玉书先生任江苏农矿厅长，吴木兰女士往贺，连赞之曰："真是少年得志了不得，了不得！"

何氏尝以此事告朋友曰："我不知吴木兰当时是骂我？还是恭维我？"

三七

黔人漆铸城先生，精于国学，往岁任北平某大学教授。某次，学期考试，逾规定之时间已久，而学生交卷者，尚属寥寥。漆氏一面催促，一面扬言曰："这有何难，只要将末尾一句，加上一个'也'字，不就结束了吗？"

三八

前河南省政府秘书长张廷休君，喜吸纸烟，其夫人黄东生女士劝止之，且曰："自从你吸烟以来，阿欣——其女孩名——也不喜欢和你 Long-Kiss 了！"时在座某君笑谓之曰："岂特阿欣一人而已？"

一日，张君生辰，群友祝贺，张志韩、王漱芳、刘健群三君赠以联云：

夜夜不离郎给食，

年年恭祝老寿星！

注：郎给食，Long-Kiss 译音也。

三九

蒋梦麟先生尝戏谓现时男女关系,可概括之为三种:一、狗皮膏药;二、橡皮膏药;三、轻气球。

或谓语作何解? 蒋氏曰:"狗皮膏药者,贴时不容易,撕开也痛苦,旧式婚姻之类是也。橡皮膏药者,贴时既方便,撕开也不难,普通婚姻之类是也。至于摩登者流,男女双方,均得时时当心,稍有疏忽,即行分离,此非轻气球而何!"

四十

有以"文人与武人孰重?"就询于蒋梦麟先生者,蒋云:"不晓得武人们怎么看法。不过,我想,在他们眼光中,文人只可以写布告!"

四一

十六年,袁祖铭在湘就左翼军总指挥。未几,值袁氏生辰,当地各界,咸推代表祝贺,各有谀词,轮及工界代表某,遽前致词曰:"总指挥真是人面兽心!"

众闻其言,备极惊讶;袁氏见其态度诚恳,亦不类其骂己者,事后,潜使人询之,始知为"仁面寿星"之误。

四二

闻古应芬先生死,有人送幛一幅,上书"古之良臣"四字,悬挂竟日,众未之察。次日,陈融先生来吊,见之,亟命撤下。

盖四书有云："古之良臣，今之蟊贼也。"

送此幛者，亦未免谑而虐矣。

四三

吾乡土豪项某，凭借父兄余荫，横行霸道，人莫敢言。及其生辰，滥发请笺，强令他人致贺，有平日曾受其害者，捏造姓名，制一金字匾额，上题'一乡皆称'四字，乘人不备，赍送前往。项某未尝学问，仅认字面意义，喜欢异常，悬诸厅上；其后经人指点，始知系借用四书"一乡皆称愿人焉"之句，乃立命人摧毁之。

四四

于右任先生，畏热，夏日常喜将上身衣服，完全脱去。有某君见之，归语人曰："昔有人以'文君白头吟'属对者，我苦思良久，均觉无适当之典故，可以作对，倘若许我杜撰，则'于髯赤骨立'，岂非一绝妙材料乎？"

四五

闻监察委员刘成禺先生云，彼生平所见之名人中，其着布鞋布袜，至老不改者，有二人焉：一为于右任先生，一为孙伯兰先生，两先生之鞋袜，可谓无独有偶！

四六

往岁，刘海粟大师在京开其个人美术展览会，有中国画山水立幅一条,题云:"醉后戏墨,一扫晋魏唐宋元明清人笔意。"时监察委员周觉先生尚在,闻之叹曰:"大矣哉! 此画也! 超晋魏之前,其为秦砖汉瓦乎?"

四七

当刘海粟大师准备开其个人美术展览会前,曾以其得意杰作数十幅,遍求当代要人题字。闻于右任先生题刘大师《比例时之狮》时,有数友在侧,于笑问之曰:"题甚么好呢?"甲曰:"题'似耶非耶'何如?"乙曰:"不如题'其传之非其真耶'尤妙。"于先生曰:"我当初看此画时,曾一度误为石头,后见蔡孑民先生等题识,始知为狮。"

四八

闻友人云,昔冯玉祥先生部下,有周永胜君者,因微有功勋,调任清理逆产处处长,就职之日,召集职员训话,略谓:"你们大家想想,哪有好人肯来做这种事体? 你们若是都辞职,教我到何处再找像你们这般不肖之徒?"

四九

安那其景××君,有周公吐哺俳语云,"本公今日闲暇无事,不免到后花园吐哺一番"。

五十

十八年,某要人有倦勤出洋之意,延聘教师,补习英文,属员某亦从之读。某日，谭延闿先生往访某要人，甚称其勤学，然又虑冷落某属员，遂回顾谓之曰："先生也侍读吗？"革命政府也有侍读，奇！

五一

旧俗新年前五日，破例容许赌博，名曰"破五"。吕筱轩君，民国六年，任贵州镇远县长，于新年初六，循例出一禁赌布告：

"破五已过，禁止赌博！特此布告，凛遵其各！"

一般人见"其各凛遵"竟尔倒用，遂呼吕为"其各县长"。

五二

十六年，国民革命军东路军入闽，沿途设置军用电话，乡人无知，每加损坏，总指挥何应钦令其交通处长黄再兴设法禁止，黄竟大出其布告云：

"电线电杆，戎机关系，如有损坏，枪决就地！"

于是黄氏亦有"就地处长"之雅称。

五三

故中央委员沈玄庐先生，富革命性，尝于其原藉浙江萧山东乡，试办地方自治，曾改其族长某氏节孝坊联云：

那部历史当中，不鼓吹吃人礼教！

这种牌坊底下，要埋没许多冤魂！

见者均佩沈先生之勇敢而有趣！

五四

民国六七年间，刘××先生任贵州督军兼省长，有乐君者，由美国得工科硕士归来，特往晋谒，畅述世界工业情形，不意刘卒然问曰："你能造牙粉果子露吗？"乐君莫测高深，只得照答曰："不能！"

及乐君告别，刘氏语人曰："这也算工科硕士，还不如王和叔会造牙粉果子露呢！"

注：王和叔君，时任模范小学校长。

五五

十七年，中央对于党务积极着手整理时，贵州省政府主席周西成君，忽请发给党证十万，中央以黔省党员，断无如此之多，且未经审查合格，尤不能随意发给党证，当电询其理由，周氏语人曰："讲什么理由，有党大家党！"

五六

前江苏民政厅长缪斌，于就职时，照例于各报登载接纳善言之启事，惟启事不知出何人手笔，中有名句云：

"尚望识途老马，示我周行。"

一时各报纷纷赞美，或曰："虽是缪斌之识途老马？"或曰，缪氏可称为无锡千里驹。

五七

立法委员张志韩君,未婚前,时兴鳏居之叹,王漱芳君常多方为之慰解,后见陈友仁君与张荔英女士结婚消息,陈长张三十岁,王君大喜,急持新闻纸,示张君曰:

"志韩,莫要灰心,今年生的女儿,你还有份。"

时张君已三十岁矣。

五八

何敬之部长,往岁得宫纸数张,请谭组庵先生题句,谭于每纸之左上端,分别题以短句,颇为隽永,文云:

其一:昔董思白得澄心堂纸,题云:"待后之能书者书之",吾亦云然,敬之先生以为如何?

其二:清宫笺纸,此时尚易得,然非延闿笔墨所敢污。

其三:此一幅好山水也,何忍以笔墨污之。

五九

何敬之部长尝于住宅隙地,辟一花圃,名曰可园,园门悬一匾额,系出谭组庵先生手笔;大书可园二字,末附跋云:"无可无不可,圣之时,有可有未可,圣之用。敬之先生以可名园,必兼斯二义者。"

或曰,此数句,无形中将组庵先生个性活画出来!

六十

昔方振武部师长鲍刚,勇敢善战,曾纵横于苏皖边境。往岁方振武行动,违反中央,鲍氏不直方之所为,毅然脱离部队,来京入军官学校高级教育班。日前,鲍以学校卒业,适因公务,赴赣谒蒋委员长,蒋委员长询其入学校后感想如何? 鲍云:"我觉着今后不患失业了,因为我已当了委员长的学生了!"

注:蒋委员长兼军官学校校长。

六一

国际劳工专家多玛先生逝世,国际劳工局我国分局特为多玛出专刊,以资纪念,并遍求名人题词,陈公博先生仅看到为多玛出专刊,而不注意到系纪念多玛之死,竟题之曰:"劳工福音!"

六二

中央执行委员,设不幸而病故,或因重大事件罢免时,照章由候补执行委员补充。今岁伍朝枢先生逝世,即由傅汝霖先生补为正式执行委员,当四中全会宣布此项消息时,王陆一先生语人曰,此本党之红白喜事也。

六三

四次全国代表大会,因种种原因,致使候补执行委员名额，数倍于正式执行委员。王陆一先生为候补执行委员之最后一人，常谓若彼亦补充为正式执行委员，则国民党必至天翻地覆，乃当傅汝霖先生补为正式执委时，王氏竟语人曰："我也要补为正式执行委员啊！"闻者均相顾失色！

六四

张道藩夫人，藉隶法国，初来华时，语言不通，每有宴会，辄一一举各菜名询张君。张君因中国菜名，如宫保鸡、李鸿章杂碎等，不仅须解释菜之做法，且须说明菜之掌故，有时此类掌故，即本人亦难尽知，于是遇到此类菜蔬时，均总称之曰，"好吃。"日久，其夫人微有所觉，询张君曰："为什么这也叫好吃，那也叫好吃，到底哪个好吃？"

六五

十五年北伐，何敬之先生攻闽胜利，中央妇女部去电致贺，语用白话，文长千余言，犹记其起首云："我们接到了你们的电报，知道了你们在峰市永定松口一带，打了空前未有的大胜仗，我们听了这样的好消息，真是欢喜，十二万分的欢喜！因为……"电务员费了半天工夫，方才翻完，乃仅是一个贺电，"因为"以下，不过妇女部的一种感慨！

六六

十五年攻闽胜利后，何敬之先生入驻闽垣，各界咸表欢迎，有某某学校，特备绣品一幅，刺就上下款，派人赍呈，坚请助学校数百金,盖醉翁之意不在酒也。何氏询知该校办理不善,且有敛钱情事,拒绝不收,旁人以其刺有上下款也,劝何氏略助数十金,何云:"谁叫他将款绣上!"

六七

近日平沪市上,有售科学灵乩者,汪精卫先生谈话,主张取缔,余虽曾见,然未尝乩,不知其灵若何。忆数年前,有所谓扶乩者,乩动,书"曾子临坛"。友人李君,急询之曰:"曾夫子来得正好,世传《大学》为夫子所作,我们以前读《大学》时,至旧本颇有错简,今因程子所订,而更考今文,别为次第如左一节,心尝引以为憾,现在夫子临坛,何不请夫子改正改正。"乩遂不动。

六八

某君,服务南京邮局,喜竹战,其夫人恒劝止之,某君与夫人伉俪情笃,且慑于正义,未可如何,然竹战之情趣,固不因此而减低也。会其夫人将分娩,扬言于人曰,我内人不久入医院,即可以自由行动了,但友人不知其夫人何时分娩,每遇三缺一时,辄以电话询之曰:"太太进了医院没有?"

六九

昨晤某君,大骂李某等无聊,或问其故,某君云:"你想,他们在这样热的天气,打那样小的麻将,居然还要熬夜。"人问何以知之,某君曰:"我怎么不知道,我在场当背光呢?"

君子曰，此亦母猪率子渡河，不将自己算入之一例也。

七十

某科长见某科员在办公室中跷脚，恶其不恭，责之。某科员亦不甘示弱者，反唇讥之曰："然则科长又为何跷脚？"科长怒，正苦无言以答，忽睹公文封面上有科长、科员字样，灵机一动，乃深斥之曰："你要知道，自从仓颉时代以来，就只许可科长跷脚，而科员只可立正，你不见科长的长字末尾两笔，就是一个跷脚姿势，而科员之员字末尾两笔，不是绝好的立正姿势吗？"

七一

有人就某院长今昔之言行，观察将来革命的动向，据说，可以得一公式如左：

今后革命动向 = 孙文主义哲学基础 + 唵嘛呢叭咪吽

七二

革命政府在广东时，俄顾问鲍罗廷专横跋扈，一时有ABC之称。

所谓ABC者，系隐射 Adviser Bolodin Communist 之谓，非某书局出版之某某科学ABC也。

七三

黄××君，与人谈话，喜用文言，积久而遂成癖，平生崇拜康梁甚笃,尝与友朋谈及晤康有为故事,记其一则云：

"一日,南海先生独坐,余往晋谒,趋前问政,南海先生喟然而叹曰,大哉问！"

七四

黄××君谈话之方式虽旧,然其思想之认识尚新,尝鼓舞乡中子弟,外出就学,民国九年,并亲率学生多人,趁留法勤工俭学会之便,远赴欧洲,惟黄君始终认定中国文学,不可偏废,故暇时仍为学生讲释古文,一日,并令学生作文,有见其论题者,曰,秦始皇论。

七五

前贵州省政府主席某,每有演讲,均令人先行拟稿,然后从而熟读之,至期,一字一遗,照样背诵,惟某性迟钝,益以公务繁多,故每一演说稿,非一二日不能记忆。某岁,丁文江氏考察地质至黔,某准备欢迎,拟稿人以丁为专门学者,演说稿中加入地质名词不少,某正苦难于记忆,默诵半日,甫有头绪,不意一勤务兵因事突入,大声呼曰："报告主席！有……"某氏一惊,竟至全功尽弃,愤怒之余,立下手谕云,"以后本主席读演说稿时,无论任何事件,一概不许报告！"

七六

闻某氏未任贵州主席前,曾受当时主席周××令,赴粤桂联络。桂粤当局为敦睦邻省起见,特设盛宴表示欢迎,某至，见宾客环坐满屋，乃一一问姓名，殊矜持之余，竟忘起讫何人，于是周而复始，幸至白崇禧前，白云，"我还是白崇禧"，某始觉悟，遂行停止。

七七

又闻粤桂当局欢迎某主席时，款以西餐，位以首座。某始由贵州外出，不暗西俗，当侍者持大鱼以进时，某氏颇为踌躇，盖若将其整盘取下，正上海人所谓之吃弗落，然不留下，而侍者又殷勤以献，满拟仿效他人，不幸又逢首座。正焦急间，忽闻白崇禧君骂勤务兵曰："你们干甚么，还不快替 × 代表检菜。"于是开吃西餐的创例。

七八

往岁，居杭州，与数友游月老祠，友人等相互戏谑，纷纷求签，李君得一签云：

"仍旧贯，如之何，何必改作。"

时李君正不满其夫人，友人等见之，不觉哑然失笑，李君至此，随即郑重祷告，愿月老赐一灵签，如果成功，当为之重修庙宇，乃举签再摇，不禁骇然，友人趋前视之，亦觉大惑不解，读者亦欲知此签乎？

"仍旧贯，如之何，何必改作。"

七九

四川师长唐某，喜畋猎，某次，得虎豹各一，雉兔无数，乃大宴各将领及当地绅商,席间各有谀词,有商人某,暴发户也,不识之无,然又不肯示拙,亦举杯祝贺曰:"师长真了不得! 这真是虎落平阳啊! "一座肃然,唐见其态度诚挚,又不便为动怒,乃转而一笑置之。

八十

已故黔绅蔡衡武君,寓沪有年,生平谈话,亦喜文言。其戚张某,至沪求学,以其久居上海,且属姻长,特往趋候,并请教益,蔡君颇欢欣,当即闭其目,摇其头,徐徐而言曰:"上海,有所谓南市,有所谓北市,而南京路,即大马路也……"

八一

一日,王陆一先生之厨子,因病未能工作,王当即令一工友暂代,工友名狗剩,何所取意,则未知也。次晨,王君因要公急须入中央党部,乃狗剩烧火,良久不燃,王君作急之余,随骂之曰:"你这个狗剩,还不如驴剩呢! "言毕,竟自坐下烧火,乃抬头见狗剩傻笑,始悟适间骂辞,大有语病。

八二

十五年,何敬之先生,率东路军入闽,有老党员某,大肆招摇,被谭曙卿师长扣留。某老党员愤极大呼曰:"怪事,怪事,我是老党员,老党员也可以扣留吗? "一面更函何氏曰:"该师长未奉先生命令,竟敢擅拿老党员……"何氏一笑置之。

八三

何敬之先生北伐过闽时,有某名流效韩愈三上宰相书,放言高论,并代拟国民政府组织法,及政府人选,如谓"段芝老宜膺总统也,蒋介公宜膺副总统也,吴玉帅宜膺陆军总长……"

一封,两封,均不见覆音。

某名流吭然,随作书让何氏曰:"昔者,周公一饭三吐哺,一沐三握髪,噫,何古今人之不相若也。"言下大有失人之慨。

八四

有某某等因缘时会,厕身要津,一转瞬间,公然宦囊充裕,汽车洋房,与人谈话,非夸才能出众,即谓命运过人。友人商文立君曾感慨曰:"果使才能出众,亦无论矣,其如事实不符何?至于命运,则据星相家言,我将来也有十年大运,唉,老天,何不让我预支一二。"

八五

闻赵文炳君云,其乡有某氏者,尝误解字义。某日,阅尺牍,中有"胸有成竹"句,其末注释云:"胸有成竹者,誉人之有计划也。"某氏即于是日起,大吃其笋子,或问其故,某氏白:"待到明年,我不是胸有成竹了吗?"

八六

孙鸿丞君,民国七八年间,任贵州讲武学校教官,秉性严肃,不苟言笑,管理学生,尤为认真。一日,谷某因事犯规,孙怒极,持教鞭前往,其势汹汹,全班学生,均为注目,忽见孙含笑而返,众异之。及下课,围询谷君,始知探悉孙喜逢迎,初不之信,及犯规,知不免于责,乃急书"教官有团长丰度"数字于案上,不料竟尔收效也。笔者注,当时贵州仅有兵一师,团长地位,已为人所重视,若今日,我知谷君至少必书曰"教官有总指挥丰度也!"

八七

监察委员曾通一君语何辑五君云,去岁国庆纪念日,四川、重庆各界演戏庆祝,各门外对联一新。当时戏台前一联,曾有多人撰拟,顾或失之于陈腐,或则侧重于娱乐,迄无佳者,后某名士像鼓锣之音,为撰一联,颇饶兴趣,文云:

> 普天同庆,当庆,当庆,当当庆!
> 举国若狂,群狂,群狂,群群狂!

八八

四川军队,备极复杂,素有三多两灯之称,三多者何?官多于兵,兵多于枪,枪多于子弹也。两灯者何?烟灯及屁股登也。烟灯表示士兵大都具有鸦片嗜好,屁股登表示衣服褴褛肉体外现也。

现闻四川军政逐渐统一,此种现象,或已免除矣。

八九

闻马寅初博士云,上海之咸水妹,初不知其命名之意义,后闻熟悉上海掌故之某外国人云,当外人初至上海时,目睹此辈妓女,誉之曰 Hand Some,积久,遂译音为咸水妹云。

九十

十九年,交通部因官军电费,积欠过多,电政行将破产,特呈准国民政府,通令军政机关,嗣后拍电,均须一律付现。

令文一出,反声四起,韩总指挥复渠,立令其参谋处函山东电政管理局云:"……所有官军电付现一节,奉批,一定不行,等因,奉此,相应函达,即希查照为荷。"

"一定不行",或病其俗,我则喜其率直,且以白话入公文,尤适合于现代。

九一

韩总指挥复渠一日因要公须挂××电报线通话,时电报繁忙,电局婉恳稍缓,韩不悦,立以总指挥部信笺,亲书数语,令人持往警告电政管理局长梁某,信末大书一韩字,文云:

"本总指挥刻挂××线通话,该局胆敢违抗,嗣后如此,一定枪毙不容情。韩。"

或谓韩总指挥教化有方,深得孟子不教而杀谓之虐之旨。

九二

有某某数友，新自外国留学归来，往谒党政要人，十余次未得见，但于报端，则常见要人们之往来京沪。某等感伤之余，常慨然曰："我愿当京沪车上的 Car boy ！"

九三

闻立法委员王××君论专家云："朋友，你要当专家吗？这也不难，譬如你想当宪法专家，你可先来一篇文章，讨论各国宪法的概况，其次又来一篇文章，贡献一点制宪的意见，末后，你再来一篇文章，关于宪法初稿的商榷。当你发表第一篇时，人或不甚重视，及至继以二三两篇，人们头脑中，至少认为你是一位专家，或与专家同等看待，将来专家会议，你便可望列席。"

九四

南京青白报社长唐三，能绘美人及草虫等小品，往岁沪上某俱乐部成立，征求各方图画，公开展览，藉资庆祝，唐亦送蝴蝶一幅前往，及会后，各方将作品收回，独遗唐画未收。今春覃理鸣先生出洋考察司法，沪上友人，假该俱乐部设宴欢送，电影明星胡蝶亦邀作陪，胡见唐画，疑主人特意为己而设，以示推重之意，索之。主人以唐经年不取，亦乐得慷他人之慨。胡得画，常请覃氏题辞，覃推潘公展先生，闻潘题两句云："唐三当年混忘取,此画于今有主人。"

九五

今春,京中要人等为黄河赈灾演剧,我因其票价过昂,不克一饱眼福。近闻某君云,当某秘书长与魏新绿女士合演空城计时,某秘书长去司马懿,魏去孔明,某秘书长至城外时,见系空城,竟不惊讶,城为布帘所制,某秘书长倘徉其间,大有行将入城之势,魏大恐,亟操其纯熟之京话低呼曰："秘书长,您不要进城!"

九六

友人何君,闻前则演空城计趣事,亦告我曰,此事无独有偶,往岁过重庆,值军官某生辰,演剧祝贺,有某君亦客串空城计,亦去司马懿。当唱做正热闹,某忽感精力不支,乃商于孔明者,曰,怎么办? 假孔明亦颇有才具,乃告以如此如此,这般这般,移时,遂闻司马懿曰："弟兄们,管他空城也好,实城也好,杀将进去。"于是戏遂终场,然而诸葛孔明,竟不幸而被擒矣。

九七

太原某名士妻死,与一富孀论婚,富孀慨允下嫁,但以须立字据,不得侵犯财产为条件。某名士当报以打油诗云："从来养老婆,不教老婆养,您有几个钱,何必告诉俺。"

九八

闻前贵州高级将领卢某，去冬来游沪上，寓居某大旅店，店有热水汀，某不知也。入店后，陡觉炎热异常，以曾任要职，不便问诸友朋，然环顾房屋四周，又未安置火炉，不知热从何来，奇异万状，及友朋散去，徐徐发现热水汀管，乃大笑曰："原来是你作怪。"

九九

闻王家烈主黔政时，贵州边境，发生一种歌谣云："官逼民反，不得不反，若果不反，官厅要款！"简单明了，可入《诗经》！

一〇〇

十八年冬，冯焕章夫妇举行银婚于五台建安村，其公子洪国偕新妇由日返国，王铁珊先生制联为贺云：

老伴顶好，小伴也不错！

其旧孔佳，其新如之何？

一〇一

十九年，河南大战前，阎百川先生既通电发动，西北军由鹿钟麟领衔复电响应，列名者师长以上数十人，中有句云："誓当追随我公之后，贯彻到底。"王铁珊时居太原，读电叹曰："阎先生这么大的年纪，身体又不好，怎样受得了！"

一〇二

闻萧王二君言，某氏言语噜苏，行为马虎，且喜放言高论。一日，因犯重大过失，总指挥宋哲元怒甚，令即枪毙，乃某氏闻之，一似若无其事者然，公然不慌不忙，语软声低，徐徐陈词曰："请总指挥还是不枪毙的好！"当经多人缓颊，将其拘禁，旋亦释放。乃未久，某氏重又犯他罪，当宋总指挥令付拘禁时，某氏仍复从容不迫，遽前请求曰："请总指挥最好不要拘禁，若果真要拘禁的话，也请不要拘禁在前次那个房间，因为里面都是熟人，怪难为情啊！"某氏视枪毙及拘禁，一如寻常买卖，讨价还价，殊觉幽默！

一〇三

闻何君云，冯玉祥先生昔任西北军总司令时，副官某因事错误，冯罚其下跪，乃某副官闻之，遍视地上，久未遵命。冯甚奇之，问其寻觅何物。某副官云："平常总司令不是常教训我们吗？凡跪下卧下时，须先审察地形，副官看看那点平坦，然后跪下，方才可以持久。"冯当指一屋角云："就跪在那里！"不料某副官跪下后，又以指头在地上乱画，冯又责之，某副官云："副官在画地图。"冯无奈，命其起去。

一〇四

昨某君说一笑话，真是匪夷所思，某君云："一日，颜回与友人竹战，颜回牌为四喜，独钓红中，嗣摸得一发财，乃将红中打出,改钓发财,不料后来红中接连发现,发财始终不出,颜回不解,归而请教孔子,孔子曰:'汝竟忘却幼稚园所读之《三字经》乎?曰南北,曰西东,此四方,应乎中。汝舍红中而钓发财,其失败也,不亦宜乎?'"

一〇五

顾××君,昔任某团政治指导员,随军北伐。一日,接其家中急电,谓乃父于某日某时病殁,促其立归,顾君初读电时,尚现哀戚之容,讵料默然有顷,忽顾旁坐友人曰:"革命党人死个把父亲算得什么!"近闻顾君已客死俄国,不识顾君有子否?又不识其子闻之,作何感想也?

一〇六

自新生活运动以来,一切旧习,率见革新,对于守时一事,尤觉推行甚力。有某君曾举旧日一联相告,颇饶兴趣,特录之,以示警惕!

三点钟开会,五点钟到齐,是否革命精种?
一桌子水果,半桌子点心,依然官僚旧样!

一〇七

十八年秋,冯焕章先生幽居晋祠,西北军大将孙良诚君往谒,道出太原,阎百川先生特集文武,大张盛宴,以示欢迎。席次,孙思铺陈阎氏功德,顾以朴拙已甚,期期不能出口,忽忆潼关太原间汽车道沿途所见,突然毕恭毕敬,正襟危坐而向阎曰："报告总司令，你境内的兔子真多！"其声戛然而止，满座愕然！

一〇八

革命宿将范石生氏，善辞令，喜诙谐，近年研究相法命理，尤多独到。尝相某友，谓两眼上寿眉过长，与其年龄不称，宜剪去；且谓其寿眉右垂而左扬，似有怕老婆意味，当询某君曰："你怕不怕？"闻者大笑，某友未即答，范君随又言曰："就是你不怕她，她也未见得怕你。"

一〇九

范石生氏谈及滇军某将领，盛称其为大哲学家，听者以军人而兼为哲学家，莫不表示敬意，当询某将领善长何种哲学？范君云："他的哲学与众不同，乃是白鼻子猫哲学。"或谓语作何解？范君云："白鼻子猫捕鼠时，用鼻子作幌子，老鼠不知，误为猪油，及趋前窃取，乃适中猫之计。某之处世，大都如此，非白鼻子猫哲学而何？"按白鼻子猫哲学，新颖而幽默，为古今哲学辞典所无，故特郑重介绍。

一一〇

黔军将领王仲云氏，昔用一勤务兵，憨态可掬。一日，王君购一宜兴茶壶，甚古雅，颇爱好之，王君拟试其泡茶味道如何，乃令勤务兵持壶前往办理，讵良久归来，不见壶盖，王君责其何故不将壶盖盖上。勤务兵以打烂对，王君怒曰："为甚么不连壶子一同打烂！"随闻"硼"的一声,王君惊询之,勤务兵趋前立正曰:"报告,遵照官长的吩咐,将壶子也打烂了！"

一一一

凡曾穿或现穿"二尺五"者,对于勤务兵之"延揽",莫不感受痛苦,上则所述王君故事,固可为勤务兵之代表作,实则类乎此者,真是不胜枚举！ 四川军队中有两句流行语云:"五百年必有王者兴,一千年遇不着一个好勤务兵！"才难,不其然乎？

一一二

靳经纬者,昔游沪上,未数日即以能说上海话夸耀朋辈。一日,晤一老上海,同行者闻靳君操其流利之上海话相与寒暄曰:"我去找侬,你不在家,你来看我,阿拉又出去了！"闻靳君死矣,其上海话从兹绝响,不胜悼惜！

一一三

某要人昔用一英文秘书,长于写而拙于言,复以个性耿直,与同事某中文秘书相龃龉,某中文秘书欲倾轧之而未得也。一日,某要人对英文秘书之不善英语,亦略有微词,某中文秘书即操英语谓某要人曰:"×××'s English, Write is good, but speak is bad."时某要人正开始学英文,似解非解,事后语其参谋长曰,"××× （指英文秘书)的英文,还不如 × 秘书(指某中文秘书)",其言盖深许之也。

一一四

十年前,某君初至北京读书时,慕"官话",强学之而病未能,于是第一步,先去其家乡土语,代以适当文言,然文言未必即合"官话"也,于是笑话百出。闻友人云,犹忆某君第一次用其所谓"官话"呼茶房时,其措辞云:"茶房,来,吾与尔言,盥而壶,洁而杯,酌茶与我。"今某君贵矣,然其所说之官话,反不若以前之官味十足也。

一一五

莫干山前电报局主任陶塂君,其名由山水土三字组合而成,常人均不知其读何音。某次,因事托王君向交通部某科长进言,于其大名之下注"古地字"三字,其意盖谓塂即古时地字,王君当函某科长,亦恐不知其名之读音也,复照样书注之,乃不日,得某科长复函,竟称"陶古地先生事,已照办矣"。误解释作"台甫",妙极趣极!

一一六

我记前则趣事后,有某君云,此事因不识其字而起,犹可说也,昔在北洋政府服务时,闻一事更趣,有持书干谒某要人者,其名片之左旁,注"以字行"一行小字,盖谓名号统一也。惟"以字行"风气,今虽普通,昔尚罕见,某要人复信时,竟不知其意义,且误为某氏之别号也,遂于信首大书特书曰,"以字先生"。

一一七

《论语》第五十九期载旅居青岛之湖北同乡声讨黎元洪之下堂妾危文绣与王葵轩结婚文，误黎本危即危文绣名，一则曰"交与本危保存"，再则曰"本危竟以改嫁喧传于报纸"，其他本危本危之称呼，几于连篇累牍，吾不知危女士读之，作何感想？按旧日官场，男女名片，率以"手本"代之，妇人则多于夫姓与本姓之间，贯以"本"字，如黎本危是，盖即黎危氏之意。今湖北同乡不称危氏或文绣，而曰本危，倘本危二字可独用，则骆宾王讨武氏檄，其文之起首，必已先湖北同乡而用"伪临朝本武者"矣。按此则似乎有考据意味，书竟，不觉作会心的微笑。

一一八

程君语我云，其戚某自乡间来，彼伴之游览。一日，见某街有甲乙二人口角，继竟用武，甲取坐椅击乙，乙惶恐大呼曰："你要动野蛮吗？"程君之戚，误以为都市中人称椅子为野蛮也，默而识之，及返家，程君以游览终日，异常疲倦，坚请其戚坐于沙法，而其戚则必欲坐于椅上，并客气异常曰："我以为还是野蛮好！"

一一九

闻友人云，昔西北军宣传处长孟××君与石女士结婚，友人某戏贺以联云：

吾爱孟夫子，

他妈石姑娘！

一二〇

昔某友结婚，张灯结彩，满室辉煌，忽见某一单条，上书
"更上一层楼"五字，见者佥讶其措辞不类，继见两旁小注云：
"某女士初寓某先生府第二楼，嗣以相互爱恋，乃就某先生之
三楼同居，今日举行婚礼，余不文，特借用此句，以示庆祝。"
不觉哄堂大笑！

一二一

某君，第一届之候补中央执行委员也，第四届改选时，
一二三届为当然委员，某君之为候补中委也如故。去岁伍梯
云、杨树庄诸先生先后逝世，以候补委员递补，某记者不明
一二三届候补中委递补之算法，以某君资格甚老，竟未见补，
乃往询某君，某君答云："因为我家祖坟，埋在候补上山。"语
极幽默有趣！

一二二

友人李君，住大井巷，有某君以电话询其住址，李君具以
告，乃某君误为大锦巷或大经巷，反复譬喻，终未了然，李君
作急之余，乃大呼曰："就是那大的大，井的井，巷的巷！"不
料此语一出，对方竟异常清晰，表示十二分满意。我国文字之
妙，有如此者。

一二三

赵××者,中央考送留美学生章××女士之黑漆板凳也。闻两君均系川人,故善演四川所谓之"梅子架",梅子架者何? 即不必要之争执或斗殴也。昨闻陈君云,某日,赵君饥饿,呼仆人治蛋炒饭,章女士闻之,责以何故不叫饭炒蛋,而必叫蛋炒饭。赵君谓此乃习惯叫法,章女士谓习惯叫法,未必一定对。于是蛋炒饭,饭炒蛋,闹得饭不成饭,蛋不成蛋。结果,章女士持高跟皮鞋作武器,赵君卒屈服,承认章女士之饭炒蛋。

一二四

予闻前则"佳话"后,回忆幼年邻居李某夫妇之趣事。一夜,李某夫妇讨论"半夜问题",李某谓半夜为三更,其妻则谓半夜为二更半,各具理由,争持不下。最后,李某怒极,痛击其妻,其妻狂呼曰:"救命喽! 半夜三更打死人喽!"邻舍等纷往劝解,闻李某恨恨而言曰:"你早说半夜三更,又没有这场事喽!"

君子曰,章女士也可以这样说:"你早说饭炒蛋,也不致于借用高跟皮鞋了!"

一二五

《人间世》二十二期载齐白石氏近影及小传,使我联想去岁某书店书画展览会事。齐氏绘达摩僧一,气魄雄厚,洵属精品,齐氏于其纸下端,盖一大约见方之石章,上刊十字云:"吾画遍行天下,伪造居多。"当时观者均笑齐氏之直率,盖画既可伪造,难道图章不可伪造吗？使人亦伪造"吾画遍行天下,伪造居多"之图章,又奈何？

一二六

川滇黔桂几省运输工具,多以骡马为之,营骡马运输业者,俗呼之为马哥头。闻某年,有某马哥头者,为人运货至柳州,过河间,一马死,遂弃置路侧,越日,乡人具以报官,官探知旅客乃赴柳州者,乃行文于柳州县署彻查,文中有不少妙词,犹记其一段云:"人在柳州,马在河间,此马系何人之马,此人系何马之人,自有马哥头以来,未有如此者也！"

记竟,不觉东施效颦,来一妙批:"文去柳州,人在河间,此文系何人之文,此人系何文之人,自有县大老爷以来,未有若此者也！"

一二七

三月十二日,立法院委员于上午七时在院举行,总理逝世十周年纪念后,复须于十时往陵园体育场路参加中山文化教育馆二周年纪念。顾以道途弯远,于是无汽车委员率多就有汽车者而揩油焉。但以有限之油,不敷多人之揩,在此情况之下,失望者群中,颇多慷慨之士,纷纷雇白牌营业汽车前往,初以仪式简单,一点钟当可完毕,不料届时演讲者多,王世杰君演讲凡半点钟,已足使人叹气,而李石曾君更东拉西扯,达一点钟之久,尤令人为之焦急。盖营业汽车一小时须大洋两元,王李两先生未尝吃过此苦头,不知雇车者心中之酸甜苦辣也!当王李两先生"大放厥词"时,有某友频频看表,断断续续曰,"损失大洋一元","又损失大洋一元",厥状至为有趣。予曾戏为小说回目曰:"李石曾信口开河,周××提心吊胆!"周,亦雇车朋友之一也。或曰,"以后喜作长篇演说者,罚他坐白牌汽车!"我最赞成,不识读者以为如何?

一二八

立法委员杨公达君,多才,善辩,喜交游,故人多与之为友。某晨,与数友吃早点于大陆茶社,闲谈及儿童国货年事,金病其办法空虚,恐蹈妇女国货年及学生国货年之覆辙。时座中有某君忽"义愤填膺",指杨君而责备之曰:"既然是儿童国货年,你为什么讨外国老婆?"大有如果将来儿童国货年失败,其责将由杨君负之之概。

一二九

姚心斋君家中,悬经亨颐君所绘之梅竹水仙画幅,上题诗云:

客中画罢戏麻雀,梅花喻筒竹喻索,万子清白如水仙,我悬此画求要看。心斋果送嵌章来,不料上家偏作恶!两番西风不得开,差幸当庄免败落。自来胜负本无常,大事磋磨如小博!

予观此画时,心斋即来解释,谓"当日经氏运气最坏,轮至西风得令,尚尔一牌不和。即当庄,居然听叫四索,经氏望和心切,当即以画悬赏,谓有能充炮兵团长者,以画奉赠,我当时手中有四索西风各一张,当将四索打出,经氏大喜,不料为上家所阻,一时颇为懊丧,及观对庄之牌,乃西风白板对听,若我将西风打出,庄氏岂不大糟其糕,故经氏又转嗔为喜,且论功行赏,仍以此画见贻。"读经氏之诗,可想见其当日忽嗔忽喜之状态。至"大事磋磨如小博"一语,倘世人均作如是观,当可免除许多烦恼。

一三〇

杨××君"我的朋友胡适之"的老师也,近见一般青年,其未得志也,尊足两只,东奔西驰,其既得志也,汽车一部,趾高气扬,乃戏为一联云:

事业两条腿,

风头一部车!

所谓车,当然汽车,而非马车或黄包车也。其言虽虐,可发深省!

一三一

传闻四川人请客,"花样"极多,怎见得? 有事实为证。

首席之客,尊客也,不观乎客单乎? 首席之下,必书"敬陪末座",其余则书"敬陪"或"代知"。然首席仅有一位,若遇尊客在二位以上,当奈何? 闻川人于此,有极好之办法,如请客八人,则书客单八张,每单各异其首席,即按其所书者分别邀请,客见其被请为首席也,莫不欣然前往,然实际就坐时,首席实在只有一位,于此若不善用其法,鲜有不露马脚者,闻川人于此,又有极好之办法,即到了此时,主人故示洒脱,大呼曰:"请坐,请坐,我生平最怕客气,请随便坐吧!"

又遇到一位客人,界乎可请或不必请之间者,或其客虽然可请,适逢阮囊羞涩时,闻川人于此,又有极好之办法。即将此位客人,列为首席,另书数人作陪,当客单送出前,预将各陪客名下,分别书"谢""敬谢""自作主人"字样,然后送之于首席,首席见陪客均谢也,亦只得以一谢了之。明日,若主客相遇,为主人者,照例还得说几句应酬语:"你老哥真不赏脸!"

又有利用客人之先后到达也,请客人数,不妨较坐位加半,甚且加倍。及时,不管客人多少,即行开席,美其名曰"守时刻";一面则督促工友催请其他诸客,且故作等客焦急之状,喃喃自语曰:"要紧的客,反而不来,唉!"座上之客,不知其为计也,莫不踯躅不安,陆续告退,而后来者,遂得乘隙陆续补上,于是达到其请客的"新经济政策"。

此事得诸传闻,所谓故妄言之,姑妄听之,若曰"有心",则吾岂敢!

一三二

王陆一君住宅,当未落成时,有某建筑工人,密引所欢,深夜入内,实行其恋爱工作,友朋等闻而恶之,有迷信者,更劝王氏加以扫除,惟王氏则毫不介意,且尝笑语友人曰,"此工人俱乐部也"。

一三三

友人王君之太湖别墅,其始建筑时,尝与一般爱好文艺者,讨论楼台亭阁之名称,推敲至三,深虑不当。一日,有数友往游,为大雨所阻,不得已而留宿,中有梁君夫妇者,彼时尚未结婚,惟以限于房间及卧具,群劝其通权达变,无妨暂且同居,梁君喜形于色,梁夫人亦忸忸怩怩而顺从焉,及明日,有某友笑谓王君曰,此楼已得佳名矣,根据小说家言,"一夜晚景无话",则此斋大可名之曰"一夜无话斋"。

一三四

有某君,中央党部之科长也。一夜,睡已数小时,忽闻电话铃声大作,欲起接话,又觉太冷,不想去接,又恐或系要公,且铃声噔噔,隐有催促之意,迫不获已,勉强起床,不料手取听筒,问要何处,则因电话搅线,故而致误者也。某君愤极,乃曰,"我是二郎庙棺材店,你要棺材么,大小都有。"对方闻之,急将电筒搁置,某君亦遂欢然入睡。

一三五

蒋汪胡三位先生见客,各有妙趣。蒋氏见客,只有你讲的,他讲时很少。胡氏见客,只有他讲的,你讲时很少。汪氏见客,则你讲一半,他讲一半。

三氏个性不同,此等细微处,亦可概见。

一三六

实业部有参事陈君,时人以其部长亦姓陈,特为一联取笑云:

陈参事参陈事真正参陈事不是陈参事

语意双关,一时颇难属对,近有人借用张汉卿君情事作下联云:

张学良学张良如果学张良谁骂张学良

于批评之中,尚寓勖勉之意。

一三七

某院长与某要人商要公,见公文中有"理合钞呈"字样,某要人曰:"'钞'字错了,当从提手。"某院长曰:"手旁是俗写,金旁才是正写。"某委员长云:"其实不对,因为没手怎样去抄?"

某院长不悦,然又无辞可驳,乃忿忿然曰:"那末,'纪录'二字,并未从手旁,然而当纪录的,一样的用手写,这又怎样说法?"

一三八

近来京中各机关,流行一种歌谣,描写公务员生活情形,可谓惟妙惟肖,歌云:

慢慢叫,

画画到,

讲讲话,

说说笑,

吸吸烟,

看看报,

总算一天混过了!

快回家,

听听戏,

打打牌,

好睡觉。

一三九

王陆一者,往岁任职监察院,系秘书而受简任待遇也者,四全大会改选中委,王君得票较少,自知已无希望,不料因×××选出中委十名,宁粤为调停计,亦各增加五名,王君遂得补上。

王君饮水思源,不忘其本,常与友朋笑谈云:"我自中了恩科中委后,每次赴沪,必往谒 ××× 一次,间或事务繁忙,过门不入,亦必脱帽致敬,惜有一联,屡托于右任先生书写,均未如愿,不觉遗憾之至!"

友朋竟问联语内容,某君朗诵曰,"岂有秘书称笥[①]任,居然中委出恩科"。

友朋又问笥任作何解释,王君曰:"笥字较简字少一笔,

———————————

① 笥,通笫。

以示次于简任而受简任待遇也者。"

一四〇

第三军军长王均，尝以黄杨象征中国，其说云，据《本草纲目》云，黄杨性难长，俗说岁长一寸，遇闰则退，故以黄杨象征中国，有共同之点三：

（一）进步綦难，

（二）进亦无多，

（三）时有退化。

假使中国需要国花的话，我赞成王君理由，主张以黄杨作国花。

一四一

友人刁君，面麻，喜说话，而说话之方式，又喜将事理条分缕晰，一点一点的说明。一日众友云集，有高君者，闻刁君说话毕，忽指刁君之麻面而一一数之曰："这是第一点，这是第二点，这是第三点，以上数点，荦荦大者，其余小点，不可胜数。"全体闻之，为之绝倒。

谨注，到底麻人有福，刁君已娶得一位才貌双全的夫人，故此则发表，固无碍其婚事也。

一四二

刘君，以矮著名。一日，校中集会，刘君发表意见，主席遍视场中，不知声从何来，乃询问全场曰："是哪位同志说话，请起立？"刘君误以为戏已也，大呼曰："我这里不是起立吗？"全场大笑，主席频呼对不住！刘君之高，概可想见。

一四三

一位老县长云，做县长最难，做现在的县长尤其难，以顶头上司说，有十七八个，以填写的表格说，最多的时间，达到四五百种。于是狡黠者，闭门假造，忠厚者，常受申斥，但不管狡黠或忠厚之县长，没有不怕填写表格的，故县长有句口头语，叫做"临表涕泣"，呜呼，县大老爷可为而不可为！

一四四

监察院长于右任先生，近日为人作书，喜写"秋风流水天然调，抱得琴来不用弹"，尤以写送监察委员者为多，于先生真爱此两句诗欤？抑伤心人别有怀抱欤？

一四五

忆九一八事变发生之次日，中央讨论应付之策，首由外交部长罗钧任先生报告，罗先生云，沈阳失陷，是我们全国人民所失望的。但罗先生的广东话不甚高明，"失望"二字，听去狠像"希望"二字音调，一时全场惊讶，戴季陶先生频频问曰："怎么说！希望吗？"旋经解释，始行明了。噫，斯所谓天不怕地不怕，只怕广东人说官话者矣！

一四六

一日，散步街衢，见一武装同志，与黄包车夫争论车钱，车夫态度倔强，致触武装同志怒，愤极之余，享以耳光，车夫大呼曰："你们三民主义打人吗？"武装同志闻之，不慌不忙，再举手谓车夫曰："老子的是五权宪法！"

一四七

忆民国十六年服务某军政治部时，有某君自谓精于英文，时以之夸耀于政治部主任，主任，固革命党而不谙英语者也，竟深信之而不疑。一日主任询三民主义如何译法，予闻某君言曰，'Three peaple ism'并闻其解释云，'Three peaple'者三民也，ism 者，主义也。

按，此则与"三民主义打人"，有异曲同工之妙！

一四八

十九年冬，某日，予由沪入京，车过常州，有形似着航空军服者二人上车，精神抖擞，颇引众人注意。移时，闻二人与邻座放言高论，予始未加注意，旋闻其一云，"谁说中国没有航空人才，大名鼎鼎的齐伯林就是中国人"。予以此种新鲜消息，一生难得几时闻，乃细听之，复闻此公继续云，当民国四年"齐伯林本想回国讨袁，因为中国没有这样大的飞船停机场，所以没有回来，近年他反对内战，所以仍不愿回来。"予闻之大乐，不觉趋前请教此公曰："先生在那里念书？"他说：

"常州航空学校。"我又问："公立或私立？"他说："私立。"我当敬谨答云："啊，原来如此！"

一四九

谢作民君闻余转述川人请客故事后，亦告我一则请客趣事云，有某君，性悭吝，顾以社交往还，又不能决然舍弃，有时略掏腰包，虽为数无多，而某君实心痛之，后某君发明一策，即每遇大人先生宴客时，某君即侦察其客人名单，亦择其中三四人，而同时宴请之，人以须赴大人先生宴也，金谢绝之，而某君请客之目的以达。某君行之既久，自诩得计，不料一次，有某怪客者，竟辞大人先生宴而赴之，某君不得已延入，当语某怪客曰："听说主席今晚请你，其他各友，亦均有事不来，所以我将席退了，既然你老哥肯赏光，就一同吃点便饭吧！"

一五〇

闻阎君云，当所谓"满洲国"成立未久以后，当地 × 国人士，渴欲我东北人民同化，常使其宪兵问我东北同胞曰，"你是哪国人？"一次，问一同胞，其人谨愿，不知其用意何在，于不知不觉间答曰，"中国人"，不料拍的着了一个耳光，又问，其人答曰"日本人"，不料拍的又着了一个耳光，再问，某君痛极，复不知如何而后可，乃答曰："不是人！"

按，"不是人"一语，本含有幽默意味，然而其忍以幽默视之欤！呜呼！

杂俎

短评十二则

国难升官

国府迁回首都，老主席眷念行都官吏办事辛苦，命令行政院查明，分别予以奖励。德惠部属，足佩仁政！

乃南京办事处职员群不谓然，以服务沪宁，较洛阳危险实多，乃轻重倒置，奖励不公，大家责难！并有准备请愿之趋势。

我奉劝南京办事处各位职员，第一，大家都在政府服务，终日见面，不要因此伤了和气；第二，洛阳的物质设备，终比京沪差些，他们也着实辛苦了，原谅点罢；第三，若果你们不服气，下次假使有迁都的机会，让你们有优先去行都服务之权；第四，老主席深谋远虑，总不会错，你们相信他这一次罢；第五，你看有些商人因国难而发财，国难升官，又有什么希罕！

国府门前之国旗

国府门前，高扬国旗一面，上下两角，已渐破烂，故在空中飘扬时，觉有一种凄凉景象。

或曰，此为东北破亡之象征，其然岂其然乎？

学谁

其机关于纪念周后，必问"你忘日人之占领东三省乎？"座中职员群起答曰"不敢忘。"

有人说，这是教我们学夫差报仇。

但是，那主长期抵抗者，又似乎在教我们学那"十年生聚，十年教训"的勾践。

天，学一个已不容易，难道教我们学两个不成？

那末，到底学谁？

赤也何如

南京市民，连日举行"抗日剿赤①胜利宣传周"，标语满街，汽车游行，真是十分热闹，足为政府迁回首都后之点缀，懿欤盛哉！不过，各报又大载马占山、苏炳文电请声援，赤匪②窜入陕西异常猖獗之各种消息，使人同时读之，不觉太煞风景。闻宣传先生云："最后抗日胜利必属于我们的。"特不知陕西情形怎样？"赤也何如？"我们不能不由关怀而发问。

春联

中华民国二十一年十二月三十一日下午，警察先生惠临敝舍，以春联一副见赠，纸色鲜红，联语兴奋，予谨领之，贴诸门外，盖不仅点缀新年，抑且使蓬荜生辉也。

入夜，警察先生又复莅止，不待予之同意，径前撕毁春联，予怪而问之，警察先生曰："我亦莫明其所以然也，忽奉命令云，这是革命对联，送，送，送！忽又奉命云，春联太革命化

①② 赤、赤匪：国民党对共产党的蔑称。

了，撕，撕，撕！"

予闻之，仿效孟夫子语调，安慰警察先生曰："皆是也，送联也革命，撕联也亦革命。"

要人岂可无汽车

京中飞机救国运动，甚为热烈，但历时数月，积款甚微，有某报副刊，以京中各院部公家汽车，置备过滥，费用浩繁，主张每一机关，除最高主管长官外，一律不准坐汽车，将此项节约经费，购买飞机，一时读者称快。

但是有人反对，谓颜路请车为椁，子曰，"以吾从大夫之后，不可徒行。"假使一律不准坐汽车，那末"要人"与"常人"有何区别？所以坐汽车也可以说是"尊孔"。

请缨电报

榆关失陷，举国悲愤！"革命武人"——此指操戈者言，——亦知拍发电报，请缨救国，岂我国国运，行将否极泰来乎！？爰仿"程子曰"，为短言以勖之。

姚子曰："革命武人，不会救国，如发请缨电报，未发时是此等人，发了后又只是此等人，便是不曾救。"

午睡

要人午睡，已成风气，故"老于官场者"，午后一时至三时，恒鲜出外"奔走"。

予始不解其故，及读本刊九期昼寝的风潮，始为释然！

《论语》

第十期《论语》，迟至二月四日到京，急坏了一般读者，深恐吹了"论语"，及购得，又不胜其欢喜！余戏述此现象曰：

"《论语》出版之日,不可不知也,一则以喜,一则以惧。"

九十九

或问立法委员名额,订为九十九人,与租借地的期限,最多不能过九十九年是否有同一意义?

我说,然而不然,不然而然!

张学良之飞机

张学良之福特飞机两架,前以一架送宋部长,兹拟于出国前,以其另一架送蒋委员长。

有人说,别国的要人们,不知也作兴自备飞机否? 若然,则张氏大可自带前往,以免另购。又有人说,蒋委员长若果接受此机,大可取名"汉卿号",一以别于自有之机,一以纪念朋友馈赠之意。

不知蒋、张两先生意见若何?

一片

四月三日,××党部纪念周,某委员报告:"要求本党组织健全,不但要本党领袖精诚团结就行,且要全党的同志,融成一片……实现本党团结一致的精神,而后才能领导人民,与人民黏成一片。"

精诚团结,若译作白话,可以说"打成一片",再总括上段某委员的报告来说,就是领袖要"打",同志要'融',人民要"粘",然后党才能一片一片又一片的健全起来。记得昔人《咏雪诗》云:

　　　　一片一片又一片,

　　　　两片三片四五片,

> 六片七片八九片，
>
> 飞入梅花都不见！

希望某委员所说的一片，不要像雪一般，一会儿便完了！梅花，国花也，更希望某委员所飞的一片，不要掩护了国花的本来面目。

诗一首

天热有感（诗）

一

唉，老天，

你为甚么这般淘气？

冬天放出那寒冷的威风，

夏天将寒暑表热到一百几！

你知道贾宝玉的名言吗？

男人是土做的，

女人是水做的。

像这般咄咄逼人，

水干土裂，

于人纵然有损，于你又有何益？

二

你真不识时务，

热血满腔，

谁欢迎你？

要知这个时期，

人们对于一切，

都是赞成冷的。

你若怀疑这话，

无妨请名医将人心化验，

五分钟的热度，

恐怕已降到寒暑表下小数零几！

那时你才觉悟，

人们并不是趋炎附势的。

三

你以为赤焰高张，

人们就没奈何你？

你要知道：

阔绰的人们，

可以避暑青岛庐山，

或者在家中安置冷气。

中产的人们，

也可以配备电扇，

汽水冰淇淋，吃个惬惬意意！

只有那贫苦的人们，

为生活而不敢休息，

才受你的乌烟瘴气！

但他们并不诚服于你，

不是露天睡于道上，

便是满街抛些西瓜皮，

对你何曾有半点儿敬意！

总算失败了，老天，

从今后请收拾起你那暴力！

四

但是，我要安慰于你，

也用不着发脾气，

又扳起那冷酷面孔，

与人为敌！

你曾否忆起？

苏子瞻因为——

高处不胜寒，

纵有琼楼玉宇，

也不愿乘风飞去。

几百年前你已经碰壁，

难道你竟然忘记？

奉劝你，凡事和和平平，

不要再这般淘气！

二二，八，十六

"南京稀见文献丛刊"
已出书目

1. 《南唐书》（两种）　　　　　　　　　　（宋）马令　（宋）陆游

2. 《六朝事迹编类·六朝通鉴博议》　　　　（宋）张敦颐　（宋）李焘

3–6. 《景定建康志》　　　　　　　　　　　　　　　（宋）周应合

7. 《金陵百咏·金陵杂兴·金陵杂咏·金陵百咏（外一种）》

　　　　　　　　（宋）曾极　（宋）苏洞　（清）王友亮　（清）汤濂

8. 《洪武京城图志·金陵古今图考》　　　　（明）礼部　（明）陈沂

9. 《南京·南京》　　　　　　　　　　　（明）解缙　（民国）李邵青

10–12. 《金陵梵刹志》　　　　　　　　　　　　　　（明）葛寅亮

13. 《金陵玄观志》　　　　　　　　　　　　　　　（明）葛寅亮

14. 《金陵琐事·续金陵琐事·二续金陵琐事》　　　　（明）周晖

15. 《客座赘语》　　　　　　　　　　　　　　　　（明）顾起元

16. 《后湖志》　　　　　　　　　　　　　　　　　（明）赵官等

17. 《金陵世纪·金陵选胜·金陵览古》　（明）孙应岳　（清）余宾硕

215

18. 《献花岩志·牛首山志·栖霞小志·覆舟山小志》

(明)陈沂　　(明)盛时泰　　(民国)汪闿

19. 《留都见闻录·金陵待征录》　　　　(明)吴应箕　　(清)金鳌

20. 《板桥杂记·续板桥杂记·板桥杂记补》

(明末清初)余怀　　(清)珠泉居士　　(清末民初)金嗣芬

21. 《建康古今记》　　　　　　　　　　　　　(清)顾炎武

22. 《摄山志》　　　　　　　　　　　　　　　(清)陈毅

23. 《白下琐言》　　　　　　　　　　　　　　(清)甘熙

24. 《抚夷日记》　　　　　　　　　　　　　　(清)张喜

25. 《盋山志》　　　　　　　　　　　　　　　(清)顾云

26. 《秣陵集》　　　　　　　　　　　　　　　(清)陈文述

27. 《钟山书院志》　　　　　　　　　　　　　(清)汤椿年

28–29. 《秦淮广纪》　　　　　　　　　　　　　(清)缪荃孙

30. 《随园食单·白门食谱·冶城蔬谱·续冶城蔬谱》

(清)袁枚　(民国)张通之　(清末民初)龚乃保　(民国)王孝煃

31. 《承恩寺缘起碑板录·律门祖庭汇志·扫叶楼集·金陵乌龙潭放生池古迹考》

(清)释鹰巢　(清末民初)释辅仁　(民国)潘宗鼎　(民国)检斋居士

32. 《骆博凯家书》　　　　　　　　　　　　　〔德〕骆博凯

33. 《金陵杂志·金陵杂志续集》　　　　　　　(清末民初)徐寿卿

34–35. 《金陵琐志九种》　　　(清末民初)陈作霖　　(民国)陈诒绂

《运渎桥道小志》　　　　　　　　(清末民初)陈作霖

216

《凤麓小志》	（清末民初）陈作霖
《东城志略》	（清末民初）陈作霖
《金陵物产风土志》	（清末民初）陈作霖
《南朝佛寺志》	（清末民初）孙文川　陈作霖
《炳烛里谈》	（清末民初）陈作霖
《钟南淮北区域志》	（民国）陈诒绂
《石城山志》	（民国）陈诒绂
《金陵园墅志》	（民国）陈诒绂

36—38. 《南京愚园文献十一种》　　　（清）胡恩燮（民国）胡光国等

《白下愚园集》	（清）胡恩燮等　（民国）胡光国
《白下愚园续集》	（清）张之洞等　（民国）胡光国
《白下愚园续集（补）》	（清）潘宗鼎等　（民国）胡光国
《愚园宴集诗》	（清）潘任等
《白下愚园题景七十咏》	（清）胡恩燮　（民国）胡光国
《愚园楹联》	（民国）胡光国
《白下愚园游记》	（民国）吴楚
《愚园题咏》	（民国）胡韵蒉
《愚园诗话》	（民国）胡光国
《愚园丛札》	佚名
《灌叟撮记》	（民国）胡光国

39. 《梁代陵墓考·六朝陵墓调查报告》

（清末民初）张璜　（民国）中央古物保管委员会编辑委员会